JN047881

# AGAIN

## DEADLOCK番外編3

英田サキ

キャラ文庫

この作品はフィクションです。
実在の人物・団体・事件などにはいっさい関係ありません。

# AGAIN DEADLOCK 番外編 3

口絵・本文イラスト／高階 佑

# I won't say goodbye

この世界はすでに滅んでしまったのではないかと思えるほど、静かな夜だった。暴動が起きて無法地帯と化した刑務所の中にいることを、どうかすれば忘れてしまいそうになる。

冷たい壁に背中を預けたディックは、自分の傍らで熟睡しているユウトの寝顔を眺めながら、もう何度目になるのかわからない吐息を漏らした。

一線は越えてはいけないと自制していたのに、ユウトに誘惑されてしまえば、理性は笑えるほどの呆気《あっけ》なさで消え去った。あまりの愚かさに落ち込んだが、自分はずっとユウトに強く惹《ひ》かれていたのだから、こうなったのは仕方のないことだという諦念《ていねん》も同時に感じていた。

ユウトが愛《いと》おしい。愛おしすぎて、自分の心は以前から悲鳴を上げ続けていた。その悲鳴を聞くまいと耳を塞《ふさ》いでどうにかやり過ごしてきたが、最後の最後で自分の本心に抗《あらが》えなくなってしまった。別れの瞬間が刻々と近づいてきているという、甘ったるい感傷的な気持ちに支配されたせいだろう。

もう一度抱き合いたいという浅ましい欲望を抑えつけながら、起こさないように指先でそっとユウトの髪を撫《な》でてみる。愛おしい気持ちが際限なく高まり、それは鋭い痛みとなってディックの胸を締めつけてくる。

きっとこれから先、毎晩この痛みと闘わなくてはいけないのだろう。ユウトのたまらなく甘い唇を、なめらかな熱い肌の感触を、ひとりのベッドで思い出しては長い夜を過ごすことになる。やはりあのとき、ユウトを抱かなければよかったと後悔しながら――。

目を閉じて壁に後頭部を押し当てたディックは、ふっと苦笑を浮かべた。

自分の苦しみなどどうでもいい。最初から地獄のような場所に身を置いて生きてきたのだから、新たな苦痛が増えたところで何を嘆くことがある。自分はまた大事なものを失った。それだけのことではないか。

そんなことより、ユウトのこれからが心配だ。この優しすぎる誠実な男に、刑務所という薄汚い場所はあまりにも相応《ふさわ》しくない。ＦＢＩと上手《うま》く取引して、一刻も早く彼にとって正しい場所に戻ってほしい。

日の当たる暖かい場所に。

明かり取りの小窓から見える空が、明るさを帯びている。

朝が来た。そうだ。どんな幸せな夜も、絶望に覆われた夜も、等しく終わっていく。果たしてこの夜が自分にとってどちらだったのか、ディックにはもはや判断がつかない。

ユウトと一緒にいられる時間は、もう残りわずかだ。これほど大規模な刑務所暴動だから、州は長引かせずに鎮圧させたいと考えているはずだ。朝早くに州兵が投入されるとディックは予想していた。

いつまでもこのままでいたいという女々しい気持ちを捨て去り、ユウトのそばから離れて用意していた看守の制服に着替えた。準備をすべて整え、眠っているユウトを振り返る。

もう二度と会えないかもしれないユウトの顔を、しっかりと目に焼き付ける。愛していると一度も告げられなかったが後悔はなかった。最初から自分にそんな資格などない。

これからコルブスを追う旅が始まる。必ず復讐《ふくしゅう》を遂げると決めているが、場合によっては返り討ちに遭うかもしれない。それは構わない。覚悟の上だ。ただし無駄死にだけはしない。必ずコルブスを道連れにしてやる。

死は恐ろしくない。仲間たちを失った日から、ディックにとって死は恐怖の対象ではなくなった。きっとそれは、すべてを手放すことができる安らぎに満ちた瞬間だろう。どんな最期であれ、死にゆく自分を想像すると幸せさえ感じられ、自然と笑みが浮かんでくる。

ふと思った。

そのとき自分は何を思うのだろう?

最後に浮かぶのは誰の顔なのか。

コルブスに殺された仲間たちの顔か。愛を教えてくれたノエルの顔か。それとも——。

取り留めのない思考を打ち消すように、ディックは深く息を吐いた。死者への思慕は心を惑わせないが、生きた者への未練はあまりにも危険だ。いろんなものを狂わせる。

弱い自分を叱《しか》りつけるような気持ちで、ユウトの寝顔から視線をはがしたそのとき、控え目な音量で流していたラジオから、シェルガー刑務所への州兵投入が決まったというニュースが流れてきた。

ディックは万感の思いを断ち切るように、黒いサングラスをかけた。ユウトの傍らにしゃがみ込み、肩に手を置く。

愛していると言う代わりに囁《ささや》いた。

「――起きろ、ユウト」

# Alone again

「そこの角を右に曲がってくれ」

ディックの言葉に従い、チャックが右へとハンドルを切る。

仲間と買ったビーチハウスを訪れるのは三年ぶりだ。落ち着かない気持ちで額に手をやり、そこに貼られた保護テープを指先で撫《な》でた。傷が治りつつあるせいで痒《かゆ》みが生じている。

まさか額の傷痕《きずあと》を消すために、整形手術を受けさせられるとは思わなかった。髪もブラウンヘアに染められ、すでに別人の身分が与えられている。

ディック・バーンフォードだったリチャード・エヴァーソンは、今度はスティーブ・ミュラーという人物になっていた。IDカード、車の免許証、システム開発会社での肩書きや経歴等、すべて抜かりなく揃《そろ》っている。CIAの準備はいつだって完璧《かんぺき》だ。その完璧の一環として、目立つ額の傷は邪魔だったらしい。

のどかな街並みをしばらく進むと目的の場所が見えてきた。ディックが「あの家だ」と教えると、チャックは家の前で車を駐《と》めた。

黒いSUVから下りてビーチハウスの前に立つ。白いサイディングの小さな家だ。最後に見たときより当然だが古びている。近所に住む知人がたまに様子を見に来てくれているので、庭はそれほど荒れていないが、外観の経年劣化は避けられない。

渦巻く雑多な感情を胸に押し込み、ディックはトランクから自分の荷物を下ろした。

「リック。本当に一日でいいのか？　長いムショ暮らしで疲れただろう。三日くらい羽を伸ばしても構わないんだぞ」

「優しい言葉だな。血も涙もないＣＩＡとは思えない」

ディックの皮肉をチャックは肩をすくめて受け流し、「いい仕事をするためにも休養は必要だ」と返した。

「俺には一日で十分だ。ゆっくり休むのはコルブスを仕留めたあとでいい」

チャックは他人の気持ちを見抜く術《すべ》に長《た》けている。これ以上の会話はディックを怒らせるだけだと判断したらしく、「明日の正午に迎えに来る」と言い残し、すみやかに去っていった。

荷物を持って家の中に入った。長い時間、閉めきられていた室内の空気は重く淀《よど》み、床やテーブルにはうっすら埃《ほこり》が積もっていた。けれど以前と何ひとつ変わっていない。いっそ廃墟《はいきょ》のように変わり果てていればよかったのに、と考えてしまう。

身体の動きを止めると何かに呑《の》み込まれそうな気がして、家中の窓を開けて回った。二階から一階に戻り、ウッドデッキのテラスに出ると、強い潮風が吹きつけてきた。

目の前に白い砂浜と青い海が広がっていた。うら寂しい秋の浜辺には誰もいない。遅い午後の弱々しい日差しを浴びながら、潮の香りを胸いっぱいに吸い込む。

何度も夢で見た景色だ。二度と帰らないと思っていた場所に、とうとう自分は戻ってきた。

『……ディック。外に出たら、少し休んだほうがいい。一日でもいいから休暇を取って、のんびり過ごせよ。海にでも行くといい』

シェルガー刑務所を脱獄してから、ユウトのあの言葉が頭を離れなかった。休暇などまったく必要ないし、ビーチハウスに戻るなんて辛《つら》すぎて無理だと思っていたのに、自分のことを心から心配してくれたユウトの気持ちを考えているうち、なぜか気が変わった。

――ユウト、ありがとう。お前の言うとおりにしてみたよ。

心の中で語りかけてみると、途端に胸が苦しくなった。苦しくて苦しくて、感情が激しく乱れてくる。理性ではユウトの記憶をすべて捨て去りたいと思うのに、感情は逆だった。彼の何もかもを鮮明に思い出そうとして、ひたすらもがいている。

艶《つや》やかな黒い髪。触れれば心が震えるなめらかな象牙《ぞうげ》色の肌。見つめられると魂を覗《のぞ》き込まれているような気分になる、神秘的な瞳。いくらでも聞いていたくなる心地いい声。

怒った顔もたまらなく魅力的だが、やはり微笑《ほほえ》んだ顔が一番好きだ。笑っているユウトを見ているときの至福は言葉にできない。

ユウトと過ごしたかけがえのない日々をひとつひとつ思い出しているうち、いつの間にか日は傾き、空が赤く染まり始めていた。身体はすっかり冷え切っている。しかしその寒さでさえ、ユウトを恋しがる気持ちに繋《つな》がってしまう。

ユウトを最後に抱き締めたときの、尊いまでの温《ぬく》もりを思い出し、あまりのやるせなさに右手で左腕をきつく摑《つか》んだ。

思い出したくないのに思い出に浸りたがる矛盾。自分のずるさと弱さがつくづく嫌になる。だが今は抗わないでいようと思った。これはユウトが与えてくれた休暇だから、あえてそうしたい。

明日にはすべてと決別する。ユウトへの未練も恋情も、この場所に置いていく。だからせめて今日だけは、ユウトが望んでくれたこの一日の休暇だけは、愛に逃げたがる弱い男でいたい。きっとユウトはそんな情けない俺を、責めたりしないはずだ。

——どんな時も、お前の心が安らかであることを祈っている。お前の幸せを……。

ユウトが最後にくれた言葉。復讐だけを求めている自分には、一番相応しくない言葉だった。だからこそユウトは、あの言葉を投げてくれたのではないか。

幸せになりたいと思わない。安らかな人生も望んでいない。ディックの願いはたったひとつだ。仲間たちのかけがえのない命を、汚いやり方で奪ったコルブスを殺すこと。その願いを叶《かな》えるためだけに、今まで生きてきた。

ユウトはまるで地獄で出会った天使だった。そんなことを言ったらユウトはきっと目を丸くするだろう。お前がそんなロマンチックなことを言うなんて、と腹を抱えて笑うかもしれない。

大笑いするユウトを想像して、ディックの唇にも自然と笑みが浮かんだ。
思えば、出会った日からいつも怒らせてばかりいた。
本当は笑わせてやりたかったのに。
そう思った瞬間、視界がにじみ、黄昏《たそがれ》の空と海は見えなくなった。

Can you feel my heart?

「ユウト。これってもしかして……」

キッチンでコーヒーを淹《い》れていたら、パコの呟《つぶや》く声が聞こえた。

なんだろうと思いながら後ろを振り返ったユウトは、兄のパコことフランシスコ・レニックスが手に持って見ているものを見て、やばいと思った。パコには見せないほうがいいと思っていたのに、うっかり忘れて置きっぱなしにしてしまった。

パコが食い入るように見つめているのはＬＡのタウン誌だ。あるページに付箋《ふせん》を貼っていたので、気になって開いてみたのかもしれない。

付箋をつけていたのはアクセサリーの広告ページで、窓辺に立った美しいモデルが蠱惑的《こわくてき》な眼差《まなざ》しでこっちを見ている。モデルが身につけているネックレスやブレスレットや指輪は、すべてシルバー製でどれも凝ったデザインだ。

「このモデル、トーニャだよな？」

「あ、ああ。知り合いに頼まれてモデルをしたらしい。そのタウン誌に載ってるってネトが教えてくれたから、気になって買ってみたんだ。……その、すごくきれいだよな」

トーニャが美人なのは言わずもがなだが、さすがはプロが撮っただけあり、その写真は見とれるほど美しい仕上がりだった。それなのに歯切れが悪くなるのには理由がある。

写真の中のトーニャは男装をしているからだ。

生物学的には男であるトーニャがメンズの服を着た場合、それが果たして男装になるのかどうかわからない。わからないが普段、女性の格好しかしないトーニャのスーツ姿は、なかなかのインパクトがあった。

これを見た者は、きっと最初は女性モデルが男装していると思うだろう。長い黒髪を手でかき上げ、気怠《けだる》げな眼差しでこっちを見るモデルの表情は、媚《こ》びていないがセクシーだ。顔のつくりだけでなく、醸《かも》す雰囲気そのものが色っぽい。

だが何かがおかしいと気づく。シャツのボタンを留めていないので前が大きくはだけ、なめらかな肌が見えている。普通ならそこに膨らんだバストがあるはずなのに、モデルの胸は平らなのだ。

胸の小さい女性なのかと思ってよく見るが、やはりそれはどう見ても男の胸で、腹も引き締まっていて女性特有の柔らかな曲線がない。

要するに美しい女の顔を持った男性モデルなわけだが、もしかしたら男性的な身体を持った女性モデルなのかもしれないと頭が混乱する。ただどちらにしても美しいのは間違いないし、アクセサリーもよく似合っている。男女どちらでも身につけられるユニセックスなデザインを強調したいのなら、この写真は広告として大成功だ。

「トーニャはモデルの仕事をしていたのか？」

「今回は特別に引き受けたんだって。そこのジュエリーデザイナーが昔からの友人で、どうしてもって頼まれたらしい。セレブの間で人気になってきているブランドで、最近メルローズ・アベニューにも直営店ができたそうだ」

トーニャは恥ずかしいから誰にも言うなと言ったそうだが、ネトはお構いなしだから教えてくれたのだ。

ちなみにネトは一昨日、またメキシコに行ってしまった。友人の仕事を手伝うとかで、しばらく帰らないらしい。海上にいるから連絡が取りづらくなると言っていたが、どこで何をしているのかいつも謎《なぞ》の男だ。

コーヒーカップをテーブルに置いても、パコは目もくれずひたすら雑誌を眺めている。単に見とれているのか、トーニャが男性だという事実をあらためて突きつけられた気分でいるのか、ユウトにはわからない。

パコがトーニャを女性だと勘違いして告白したのは、もう半年以上前のことだ。一度はトーニャを避けたパコだったが、しばらくしてからまたつき合いを再開させた。あくまでも友人としてのようだが、互いに好意を持つ者同士だから、はたで見ているほうが焦《じ》れてしまう。

男性の身体を持ったトーニャを愛せる自信がないというパコの気持ちはよくわかるが、どっちつかずな関係ではトーニャが可哀想だ。パコは昔からもてた。ここ最近、恋人がいなかったのは奇蹟《きせき》みたいなものなのだ。期待だけさせて、結局、本物の女を選ぶ結果になるのは目に見えている。

「その雑誌、よければやるよ」

いろいろ言いたいのを我慢して、ユウトは明るい口調で話しかけた。ふたりの問題には口を挟むなと、ディックに何度も言われている。

「夕食、うちで食べていく？　ディックももうすぐ買い物から帰ってくると思う」

「いや、いいよ。このあとトーニャと食事をする約束をしているんだ」

「へえ、そうなんだ」

ぎこちない沈黙がふたりの間に垂れ込める。言いたいことを我慢しているユウトの内心を、パコも察しているはずだ。だからどうしたって気まずくなる。

パコはコーヒーを飲み終えると、雑誌を小脇に抱えてそそくさと帰ってしまった。ユウトは複雑な気持ちでユウティと一緒にパコを見送った。

最初の頃は男として煮え切らない態度を取るパコにかなり腹を立てたものだが、最近は憐《あわ》れむような気持ちを感じてしまう。

両親の再婚で兄弟になったパコは、子供の頃から自慢の兄だった。今でもその気持ちに変わりはない。ハンサムでセクシーで頭も切れる。ロサンゼルス市警のやり手の刑事で、職場での人望も厚い。十三歳のときから美人のガールフレンドを切らしたことはなかった。

そんな男が女の心を持った男に恋をして、にっちもさっちもいかなくなっている。前にも進めず後ろにも戻れずの状態を、一番辛く感じているのはパコかもしれない。

「なあ、ユウティ。恋愛って難しいよな」

玄関先でしゃがみ込んでユウティの頭を撫でていると、ディックが帰ってきた。お帰りのキスをしてパコが来たことを伝えると、ディックは「トーニャのあれは？」と尋ねてきた。

「見られた。突然来たからしまい忘れてさ。真剣な顔で見てたよ。トーニャの男の身体を見て、気持ちが一気に冷めたかな？」

ディックは買ってきた食材を冷蔵庫に入れながら、「どうかな」と苦笑した。

「それは以前からわかっていたはずだし、写真を見たくらいで急に恋心が消え去るってことはないと思うけどな。……ん？　なんだよ。俺の顔をじっと見て」

「いや、ちょっと気になって。もしも俺の身体が女になったらディックはどう思う？　それでも俺の恋人でいてくれる？」

当たり前じゃないかという答えを期待したのに、ディックはパンケーキミックスの袋を持ったまま、無言で固まってしまった。

「なんだよ。俺が女の身体になったら、もう愛してくれないのか？　へーそうなんだ。ディックの愛情ってそんな程度のものだったのか」

「や、ちが、ユウト、待て……っ。誰もそんなことは言ってないだろ。お前の身体が女だったらって、ついリアルに想像して思考が停止しただけだ。じゃあ聞くが、お前はどうなんだ？

俺の身体が女になってもいいのか？　全然平気か？」

あまりにも真剣に言い募ってくるから笑いそうになった。冗談で怒ってみせたのに、何をむきになっているのだろう。

「俺？　俺は平気だよ。だってもともと女のほうが好きなんだから。ディックが女になっても何も変わらない。ああ、変わるか。そうなったら俺が優しく抱いてやるよ」

顎《あご》に指先を滑らせて「どう？」と囁いたら、ディックは「駄目だ」と首を振った。

「優しく抱くのは俺の役目だ。絶対に譲る気はない」

強く断言しながら痛いほどの力で抱き締めてくるので、ユウトは必死で笑いをこらえるしかなかった。


「情けないよな……」

車に乗り込むなり、パコの口から独り言がこぼれた。

つき合っている相手ならまだしも、恋人にもなっていないトーニャとの関係を弟にずっと心配されているのだから、立つ瀬がないにもほどがある。

一度は助手席に置いた雑誌をまた拾い上げる。目当てのページを開いてじっくり眺めた。

肌を露出させたこの写真のおかげで、パコが想いを寄せている美しいチカーナは、紛れもなく男の身体を持っているという現実を痛感した。

男のトーニャを見てやっと吹っ切れた――。

と、言えればよかったのだが、生憎《あいにく》とこじれた恋情は、そうやすやすとパコの心から出ていってくれそうもない。

性別を超えた魅力を持つトーニャの美しさには、目を奪われるばかりだ。トーニャはこのままでいい。ありのままが美しい。この写真を見て素直にそう感じた。

しかしトーニャの美しさを肯定する気持ちと、トーニャを愛せるかどうかはまた別問題だ。

肉体的に無理だという話ではない。最初の頃はどんなに好きでも、男の身体なんて絶対に抱けないと思っていたが、長い葛藤《かっとう》の末、今ではその可能性について肯定的に考えているし、この写真のおかげでむしろ積極的にセックスしてみたいという不埒《ふらち》な気持ちが強まった。

しかしセックスすることと、トーニャを真剣に愛することはイコールではないのだ。セックスは重要だが、恋愛関係におけるひとつの要素に過ぎない。

以前は確かにセックスの問題が最大にして最強の壁になっていたが、トーニャと交流を続けていくうち、パコの気持ちは徐々に変化していった。気がつけば抱けるか抱けないかという次元から、さらに踏み込んだ領域へと達していた。

こんなにも悩むのはトーニャが大事な存在だからだ。駄目だったら仕方がないという程度の覚悟で、彼女とつき合うことはできない。

パコのこれまでの恋愛は、いつだってわかりやすいものだった。惹かれた相手がいれば熱心に口説き、駄目なら次に行く。相手が応えてくれれば恋人になる。どちらかの気持ちが冷めたら潔く別れて、次の恋人を探す。その繰り返しだった。

もちろん人並みに片思いも経験したし、最愛の女性に振られ、死ぬほど落ち込んだこともある。けれど恋は一度きりじゃない。魅力的な女は星の数ほどいる。いい女といい恋愛をして、人生をおおいに楽しむ。それが男の喜びであり幸せだと信じてきた。

それがどうだ。

トーニャを好きになってから、ずっとうじうじしっぱなしだ。

三十も半ばになって、まさか恋愛の前段階でこんなに悩むとは思いもしなかった。


「素敵なお店ね。料理もすごく美味《おい》しかった。いいお店を教えてくれてありがとう、パコ」

食後のコーヒーを飲みながら、トーニャはにっこり微笑《ほほえ》んだ。

今日は髪をゆったりとアップにして、白いニットのワンピースを着ている。身体のラインが出るデザインだから、スレンダーな身体つきがよくわかる。女性にしては肩幅がやや広めだしヒップも小さい。なのにトーニャはちゃんと女なのだ。魅力的な女性にしか見えない。

身のこなしが洗練されて美しいのも、女性らしさに拍車をかけているのだろう。なよなよしていないのに、指先の動きまでが優雅だ。内面の美が表ににじみ出ているという感じがする。

「今日はいつもより無口ね。何か悩み事でもあるの？」

「いや、今夜の君が特別きれいだから見とれてた」

お世辞ではなく本心だったのに、トーニャは「パコって本当に口が上手いわね」と悪戯《いたずら》っ子を見るような目で笑った。

「兄弟でもユウトとは全然違う」

「あいつは子供の頃からシャイだったからな。好きな女の子が目の前にいても、ろくに話しかけられないいんだ。本当に奥手で世話が焼けた」

「ユウトはそういうところがいいのよ。プレイボーイなお兄さんに似なくて本当によかった」

「ひどいな。俺は恋多き男だっただけで、別に遊び人だったわけじゃないぞ」

恋にはいつも真剣だった。いい加減な気持ちでつき合ったことはない。しかし過去には恋人がいながら他の女性に惹かれたことはあるので、完璧に誠実な男として生きてきたとは言い切れない。

「どうかしら。プロフェソルも同じことを言ってたけど、言い訳にしか聞こえないわね」

過去の恋愛話を冗談にしながらコーヒーを飲み終えた。トーニャといると楽しい。頭の回転が速くて洒落《しゃれ》もわかる。それに聞き上手だ。たまにきついことも言われるが、そういうときは大抵パコに非があるので、注意されて自分の偏った考え方に気づかされることも多かった。

つき合うほどに実感する。トーニャの外見だけが好ましいわけじゃない。人間性も好きなのだ。むしろ最近は内面に強く惹かれている気がする。本物の女性だったらきっと猛アタックして、断られてもしつこく言い寄り、何がなんでも恋人にしているだろう。

トランスセクシャル、トランスジェンダー、ドラッグクイーン、ゲイ、ホモセクシャル等々。世間にはいろんなタイプのセクシャリティがある。トーニャに惹かれてからいろいろ勉強してみてわかった。本質的な問題はトーニャがどうかではなく、自分がどうかにある。それがすべてだ。

この半年間、ふたりはあくまでも友人としてつき合ってきた。トーニャのほうは今どういう気持ちでいるのだろう。告白したときはトーニャもパコに好意を持っていたが、ふたりの関係は半年以上、友人のままだ。もしかしたらパコだけが悩んでいるだけで、トーニャのほうはもうとっくに、その気がなくなっている可能性はある。

お互いのためにも、このまま友人関係でいたほうがいいのかもしれない。食事を終え、そんなことを思いながらレストランを出たときだった。

「トーニャ？　まさかこんなところで会えるなんて！」

親しげな態度で話しかけてくる男がいた。四十歳前後のハンサムな白人男性だった。高級そうなスーツを着ていて、見るからに金持ちそうだ。

「偶然ね、クライド。この前はありがとう。あのあと大丈夫だった？」

「ああ、なんとか帰れたよ。弟とはいえ、あんな厄介な奴はいない。今度、あいつが酔い潰《つぶ》れたら、絶対に道端に捨てていくつもりだ。……中で知り合いが待ってるからもう行かなきゃ。電話するよ。また一緒に食事でもしよう」

「わかった。またね」

男はパコに軽く会釈して店の中へと入っていった。微笑んでいたが、探るような視線だったのでピンときた。彼はトーニャに気がある。

「友達？」

「ジュエリーデザイナーをしている友人のお兄さん。クライドは弟の事業に出資しているスポンサーなの。最近知りあったんだけど楽しい人よ」

ということは、モデルを引き受けた関係で知りあったのかもしれない。

「実を言うと、彼に口説かれてる」

突然の告白に驚いて足が止まった。トーニャは動かなくなったパコを振り返り、「あの人とつき合うかもしれない」と告げた。

冗談かと思ったが、次の言葉で本気だとわかった。

「そうなっても、私たち友人でいられるかしら？」

「それは……もちろんだよ、トーニャ」

反射的にそう答えたのは、これ以上、情けない男になりたくなかったからだ。

「クライドは私が男なのも前科があることも、すべて知ったうえで真剣につき合いたいと言ってくれてるの」

トーニャが他の男のものになる――。

そんなのは嫌だ。考え直してくれと言いたい。

だが今のパコにトーニャを引き留める権利はない。ぐずぐずと煮え切らない態度で接し続けたのは他でもない自分で、その結果がこれだ。むしろトーニャは十分すぎるほど待ってくれた。

「パコ。私たち、これからも友人としてつき合っていきましょう。それが一番いいと思う」

散々待ったのに答えを出してくれなかった駄目な男にも、トーニャはあくまでも優しかった。

そんなトーニャにパコが言えることは何もなかった。


悩んだ挙げ句、パコは翌週の土曜日、仕事帰りにトーニャが店長をしているメキシカンバーに立ち寄った。

ダウンタウンにあるその店はいつも大勢のメキシコ人で賑《にぎ》わっているが、閉店間際の遅い時間ということもあり、三組の客しかいなかった。

カウンターの中にいるトーニャに、店が終わったら一緒に何か食べないかと切り出した。トーニャは気楽な態度で「いいわよ」と頷《うなず》いてくれた。

しばらくすると客が全員いなくなり、手伝いの女性店員も帰っていった。片付けをするトーニャを待っている間、ひどくやるせない気持ちになってきて、何度も溜め息《たいき》が出た。

今夜、トーニャの新しい恋を祝福するつもりだった。顔を見て幸せになってくれと伝える。それがパコの出した答えだった。なのにその瞬間が近づいてくるほど胸が苦しくなってくる。

トーニャと初めて会ったのは、一昨年の九月だった。

ロブの家でのホームパーティーに招かれ、すごい美人がいると驚いた。性格もよくて好感を持ったが、そのときは一緒に暮らしている恋人がいたので、特別な感情までは抱かなかった。

その後、恋人と別れてトーニャと何度も顔を合わすうち、本気で好きになった。

一年近く、ずっと好意を抱いてきた。だけどその恋心は今夜限りで捨てる。

そうだ。いつものように、さっさと次の恋に進めばいい。とびきりいい女を探して新しい恋を楽しむ。これまでそうしてきたように。

だが果たして、トーニャ以上にいいと思える女と出会えるだろうか?

「お待たせ。行きましょうか。いつものダイナーでいい?」

パコは頷いた。すぐ近くにある二十四時間営業のダイナーは、これまでにも何度か一緒に行っている。けれど店の前まで来てから、今夜はポップな音楽が流れる明るい店ではなく落ち着ける場所で、トーニャとふたりきりで話がしたいと気持ちが変わった。

「トーニャ。もし君が嫌でなければテイクアウトにして、俺の部屋で食べないか」

突然の申し出にトーニャは驚いた表情を浮かべた。今まで自宅にトーニャを呼んだことはない。気軽に呼べる関係性ではなかったからだ。

「あ、別に変な意味で言ってるんじゃないよ。ただ静かな場所で話がしたいと思って、だから——」

「そんなことわかってる。いいわよ。パコの部屋に行きましょう。私も前からあなたの部屋に行ってみたかったの」

ハンバーガーとクラブハウスサンドイッチをテイクアウトし、パコの車で移動した。深夜で道路は空《す》いていて、十五分ほどで到着した。パコのアパートメントはヴィンテージビルを改装しており、外観はびっくりするほど古いが室内はきれいで今風だ。

「ちょっと散らかってるけど我慢してくれ。ビールでも飲む？」

「ありがとう、いただくわ。……全然きれいじゃない。お洒落な人は部屋まで素敵なのね。すごくセンスがいい」

トーニャは感心したように部屋を見回している。褒められるほどインテリアにこだわっていないが、シンプルで質のいい物だけを置くと決めていた。あとは無駄に物を増やさない。おかげで脱ぎっぱなしの服などはソファーに置いてあるものの、男のひとり暮らしにしてはすっきりしているほうだ。

ダイニングテーブルで腹ごしらえをしたあと、ソファーに移動してふたりでビールを飲んだ。あとでトーニャを送っていくから一本以上は飲めない。

「クライドにはもう返事をしたのかい？」

「まだよ。来週会う約束をしているから、その日にしようと思ってる」

——さあ、言えよ。今がその時だ。

心の中で自分の尻を叩《たた》いたが、どうしても「彼と幸せになってくれ」のひと言が言えない。ああ、クソ。俺はなんて駄目な奴なんだ。最後くらいビシッと決めろよ。

自分で自分の尻を蹴《け》り飛ばしたい気分でビールを飲んでいたら、ＦＭラジオから懐かしいバラードが流れてきた。

トーニャが「この曲、昔好きだったな」と呟いた。

「俺も好きだったよ。大学の頃に流行《はや》った歌だ」

「私は高校のときだった。プロム（卒業パーティー）でも流れたから踊ったわ。女の子と」

パコが「女の子と？」と聞き返すと、トーニャはくすくす笑って「そうよ。だってその頃は男の格好をしていたから」と教えてくれた。

「卒業するまでは我慢してって、ママにしつこく頼まれていたの。大好きなママを悲しませたくなくて言うとおりにした。本当は着飾ってプロムに行きたかったのに、タキシードなんか着て女の子と踊りながら、ああ、私もそんな可愛いドレスが着たかったって、心の中で羨《うらや》ましがったわ。散々な思い出」

笑って話しているが、十代だった頃のトーニャのいじましい気持ちを考えると可哀想になった。女の子にとってプロムのお洒落とダンスは特別なはずだ。青春の一ページを飾る大切な思い出。それが悲しみに彩られたままで、いいはずがない。

「よし。踊ろう」

トーニャの手を握って立ち上がらせた。

「ええ、何？　急にどうしたの」

「今の君は誰が見たって美しい女性だ。お化粧もスカートもハイヒールも最高に似合っている。何もかも完璧だ。だから俺と踊ろう。プロムで踊れなかった代わりに、今」

自分で言いながらよくわからない理屈だと思ったが、ノリがいいトーニャは笑って身体を揺らし始めた。

「なんだかよくわからないけど、いいわね。懐かしい曲で踊るのは楽しそう」

手を繋《つな》ぎ、空《あ》いた手をトーニャの腰に回した。そっと抱き合うように身体を寄せて、ふたりしてメロウなリズムに身を任せる。

恋心を切々と歌う歌詞はひどく感傷的で、トーニャの温もりを感じながら聴いていると、十代の少年だった頃に戻ったみたいで、無性に胸が切なくなってきた。

いつまでもトーニャを抱いて踊っていたい。そう願ったが曲は無情にも終わってしまった。

たった三分ほどのプロムナイト。呆気なさすぎる。

「踊ってくれてありがとう。今度からあの曲を聴いても惨めなプロムの思い出じゃなくて、今夜の素敵なダンスを思い出せそうよ」

いてもたってもいられない気持ちになった。次もスローテンポのバラードが流れてきた。まだ終わらせたくない。このままダンスを続けたい。

「もう一曲踊ろう」

思い切って囁くとトーニャは頷いてくれた。再びゆるやかに身体を揺らし始める。

「……初めて本気で好きになった男の子は、仲のいい友達だったの。男として接していたから、向こうは私の気持ちにまったく気づいてなかった。その彼は片思いしてた女の子とプロムで踊りながらキスしてた。目が合ったとき、嬉《うれ》しそうに笑うから、私もサムズアップなんかして応えて、本当に馬鹿みたいだった。自分らしく生きられなかった十代の頃はいつも辛かった。だからあの頃に比べたら今は幸せよ」

トーニャはパコの肩に軽く頭を預け、「あなたは楽しい十代を送ったんでしょうね」と微笑んだ。

「それほどでもない」

「嘘《うそ》ばっかり。ユウトに聞いたわよ。高校時代はアメフト部のエースで、チアリーダーの憧れの的だったって。プロムの投票でもキングになったんでしょう?」

どれも事実だが自慢する気にはならなかった。あの頃の自分はあまり好きじゃない。自意識過剰でひと目ばかり気にしては、いつも格好をつけたがっていた。それが思春期だと言ってしまえばそうかもしれないが、今振り返ると本気で恥ずかしくなる。

「格好ばかり気にしてる嫌なガキだったよ。人に弱みを見せたら負けだと思って、必死で見栄を張っていた。……今もそういうところはあるな。だからユウトみたいに自然体で生きられたらいいのにって思う。あいつは誠実で優しくて強い。全然格好つけたりしないけど、いつだって格好いいんだ。俺は昔からあいつに対して、ひそかにコンプレックスを持ってた」

こんな話を誰かにするのは初めてだ。馬鹿なことを言ってしまったと思い、「ごめん。今のは忘れて」と言い足した。

「駄目よ。忘れてあげない。パコが弱みを見せるなんて滅多にないもの」

パコの気まずい気持ちを察したのだろう。トーニャは明るい声でからかってきた。たまらない愛おしさが強くこみ上げてきて、思わず強く抱き締めそうになった。衝動を抑えつけるために、パコは口を開いた。

「クライドと幸せになってくれ」

やっと言えた。言いたくて、でも言いたくなかった言葉。

トーニャは踊るのをやめ、少し悲しげな眼差しでパコを見つめた。

「ええ。そうする。でも言わせて。これが最後ならどうしても言いたい」

トーニャはパコのワイシャツの胸に両手を置き、瞼《まぶた》を伏せた。かすかに震える伏し目の長い睫毛《まつげ》が、夢のようにきれいだと思った。

「あなたが好きよ、パコ。初めて会ったときから惹かれた。私が男だってわかったあとも、あなたは私に優しくしてくれた」

「いや、違う。一度は逃げた」

「ショックだったからでしょう？　当然よ。でも終わりにせず、また私とつき合ってくれた。あなたは誠実な人よ。ユウトにだって負けてない」

パコは強く頭を振った。トーニャに褒められるといたたまれなくなる。

「俺はずるくて卑怯《ひきょう》な男だ。君に対してどっちつかずの態度を取り続けた」

「いいえ。そんなことない。この半年、あなたはずっと悩んでた。それって私とどう向き合っていくべきか、考え続けてくれたってことでしょう？　嬉しかった。だってこんなにも長い時間、あなたの心を独占することができたんだもの」

思いがけない告白に胸が詰まった。まさかトーニャがそんなふうに考えていたなんて。

「恋人になれなくてもいいから、ずっとこんな関係が続けばいいと思ってた。だけど駄目よね。このままじゃ駄目。あなたにとってよくない。だから、もう十分よ、パコ。私から自由になって。あなたには他に相応しい人がいる。悲しいけれど、それは私じゃない」

パコはそのときになって初めて、ある可能性に気づいた。トーニャがクライドの求愛を受けようと決めたのは、もしかしたらパコのためでもあったのかもしれない。

だが、もしそうだったとしても、クライドのものになるなとは言えない。トーニャのすべてを受け止め、全身全霊で愛していくと誓えないのなら、何も言う資格はないのだ。

パコを見上げるトーニャの黒い瞳は、しっとりと潤んでいた。

「今までありがとう。最後の我が儘《わがまま》だと思って、私のお願いを聞いてくれる？」

最後だなんてやめてくれ。俺たちはこれからもいつだって会えるじゃないか。そう言いたかったが、多分それは違うのだ。次に会うとき、トーニャには恋人がいる。

「ああ、言ってくれ。俺にできることならなんでもするよ」

「キスしてほしいの。ダンスと一緒にキスも思い出にしたい」

トーニャの揺れる眼差しを見つめながら頷いた。むしろパコのほうから言い出したいことだった。言ってはいけないと我慢していたが、トーニャが望むならいくらだってキスしたい。

頬に手を添える。柔らかな肌に胸が高鳴る。挨拶《あいさつ》程度の頬へのキスは何度もしたが、唇は初めてだ。顔を近づけるとトーニャが目を閉じた。

唇をそっと押し当てる。いろんな角度から触れるだけのキスをする。

トーニャの唇は自然とゆるみ、パコの唇を受け止めてくれた。熱く柔らかな、その愛おしい感触に胸が熱くなる。

初めてのキスが最後のキス。

ありとあらゆる感情がごちゃ混ぜになって、嬉しいのか悲しいのかわからなくなってきた。

口づけながらトーニャの細い身体を強く抱き締めた。しなやかな背中を手のひらで撫でて愛《あい》撫《ぶ》すると、トーニャの唇から艶《つや》めいた吐息が漏れた。

やめたくない。もっともっとキスを続けたい。強く抱き締めたまま離さず、ぴったりと寄り添って温もりを感じていたい。だけど——。

理性を必死でかき集めて、どうにか抱擁を解いた。

キスはやめてもふたりの額は触れ合っている。切ない吐息を漏らしながら見つめ合っていると、トーニャが「嫌よ」と呟いた。

「やっぱり嫌。今のキスで最後なんて……。最後ならもっと欲しい。あなたを感じたいの、パコ……」

トーニャの指がもどかしげに頬や唇に触れてくる。そんなふうに求められたら理性など瞬時に蒸発してしまう。だがパコは必死でこらえた。

「駄目だよ、トーニャ。それはできない」

「……困らせてごめんなさい。やっぱり男とはできないわよね」

トーニャが悲しげな表情で身を引こうとしたので、慌てて腰を抱き寄せた。

「違う。そうじゃない。君を一夜限りの相手にはできないって意味だ。そんな真似ができるくらいなら、とっくの昔に手を出してる。俺だってずっと我慢してきたんだから」

「嘘よ。パコが男の身体に欲望を感じるなんてあり得ない」

「ただの男ならそうだ。でも君は俺にとって男じゃない。女性だ。多少の戸惑いはあるけど、抱き合えないわけじゃない」

トーニャは困惑したのか眉間《みけん》にしわを寄せ、小さく首を振った。

「意味がわからない。私とセックスできると思っていたなら、何をそんなに悩んでいたの？」

「最初はもちろんセックスがハードルになってた。でも大事なのはセックスそのものより、どこまでの覚悟があるのかだって気づいた。一時の情熱や半端な覚悟でつき合っても、最後はやっぱり自分は間違っていたと思うかもしれない。上手くいかなくなったとき、君が本物の女性じゃなかったからだと言い訳するかもしれない。君のことがすごく好きでも、そういう不安をどうしても拭《ぬぐ》いきれなかったんだ。すまない」

「パコ。あなたは優しくて男らしいけど、同時にすごく女々しいのね」

思いがけず鋭い言葉を投げつけられ、ドキッとした。

「女々しい……？」

「もしつき合って上手くいかなかったらなんて、うじうじ考えたってしょうがないじゃない。まだ起きてもない未来を悪いほうに想像して、弱腰になって逃げてるの？」

「だけど俺は君を傷つけたくないんだ。恋人になってから、やっぱり君じゃ駄目だったって、そんなのはあまりにも身勝手だし、申し訳ないから——」

人差し指で唇を塞がれ、パコは言葉を呑み込んだ。

「謝るのは実際に傷つけてからにしてちょうだい。まだ何も始まっていないのに、ぐずぐず言い訳するなんてみっともない。私を傷つけたくないって言うけど、本当は私を傷つけることで自分が最低な男になるのが嫌なんでしょ？」

挑むような眼差しだった。強烈なパンチをお見舞いされた気がした。

「トーニャ！　そんな言い方はあんまりだ。俺は本当に君を大事に思ってる。確かに俺は女々しいよ。それは認める。だけど守りたいのは自分の気持ちじゃなく、君の気持ちだ。それだけは絶対だ。誓って言える」

華奢《きゃしゃ》な手首を握って訴えた。駄目な男だと思われるのは構わないが、自己保身のほうが大事だと誤解されるのは我慢ならない。

強気だったトーニャの瞳が見る見るうちに潤んで、目の縁に涙が盛り上がった。

「ひどい人。私の気持ちを守りたいって言うけど、だったらあなたを愛している私の気持ちはどうなるの？　私、傷つくことなんて怖くない。だって慣れてるもの。男に傷つけられたって全然平気よ」

瞬《まばた》きするたび、透明の雫《しずく》がぽろぽろと頬を伝い落ちていく。たまらなくなり、頭ごと胸に抱き締めた。

「そんな悲しいこと言うな。傷つくことが平気な人間なんていない」

「平気よ。平気なんだってば。私はあなたが思うような弱い女じゃない。刑務所にだって入っていたし、プリズンギャングの女だったこともある。暴力を振るう男に引っかかって、毎日痣《あざ》だらけだった時期もあるし、それから——」

「やめるんだ。もうよせ」

自分を貶《おとし》める言葉をそれ以上言わせたくなくて、強引に口づけた。怒っているトーニャは必死で顔を背けたが、顎を摑んで逃がさなかった。

「ん……っ。やめて、やめてってば……っ。あなたみたいな意気地なし、もう知らない。離してよ、帰るんだから」

暴れるトーニャの両手を摑み、壁に身体ごと押しつけた。

「帰さない」

「今さらその気になったって遅いわ。私はクライドとつき合うんだから」

「駄目だ。あいつには渡さない。君は俺のものだ。トーニャ、君が好きだ。愛してる」

興奮しているせいか、するっと言葉が飛び出した。

トーニャは瞠目《どうもく》してパコを見つめていたが、なぜか急にうろたえたように顔を背けた。

「違うの、そうじゃない。あなたに無理やりそんなこと言わせたかったわけじゃない。ただこれが最後だと思ったから、思い出が欲しかったの。それだけなの」

「別に無理やり言わされたんじゃない。本心を言ったまでだ。諦《あきら》めるつもりだったけど、やっぱり無理だ。お願いだよ、トーニャ。最後だなんて言わないでくれ。幸せな思い出なら、これから一緒につくれる。ふたりでたくさんつくっていこう」

不思議なほど覚悟が決まっていた。トーニャが心の中に隠してきた、いじらしい気持ちを知ってしまった以上、もう後戻りなんてできない。前に進むべきだ。

トーニャは涙を流しながら、「駄目よ」と頭を振った。そのまま壁に背中を預けたまま、ずるずると床にしゃがみ込んでしまう。

「私はパコに相応しくない。きっと間違った選択をしたって後悔するわ」

「君が？」

「あなたがよっ。パコ、あなたと私の間には越えられない壁がある」

「大丈夫だ。越えてみせる」

「一度越えたら終わりじゃない。壁は何度も何度も現れる。そのたび、あなたは苦しむ。あなたには負い目も負担も感じてほしくない」

パコは跪《ひざまず》くと俯《うつむ》くトーニャの顔を覗き込み、「それじゃあ君も同じだ」と囁いた。

「まだ起きてもない未来を勝手に悪いほうに想像して、弱腰になって逃げてる」

さっき言われた言葉をそっくりそのまま返すと、トーニャははっとしたように顔を上げた。濡《ぬ》れた頬を指で拭いながら、優しく微笑みかける。

「俺が間違ってた。覚悟が足りないとか、上手くやっていける自信がないとか、そんな言い訳はクソ食らえだ。君の言うとおり、俺は意気地なしで女々しい男だけど、君に叱られてやっと目が覚めたよ」

「ごめんなさい。八つ当たりしただけ。あなたは意気地なしじゃないし、女々しくもない」

「いいんだ。君はいつだって正しい。……トーニャ。答えがまだだ。俺とつき合ってくれる？」

頬にかかった髪をそっとかき上げながら尋ねる。トーニャは胸がいっぱいで何も言えないというように、パコの手を摑んで頬に押し当てた。

「ええ、もちろんよ。私でいいなら喜んで。あなたが好き。愛してる」

トーニャの嬉しそうな笑顔を見た途端、胸が熱くなってパコまで泣きそうになった。

何度も恋をしてきたが、こんな大きな歓びは初めて知った。見つめ合っているだけで至福に包まれていく。

両手で頬を包み込み、深くキスをした。トーニャの両腕が首に巻きついてくる。膝《ひざ》にトーニャを座らせて甘いキスを存分に味わった。

トーニャとキスをしている。彼女の温もりに触れている。幸せすぎて目眩《めまい》がする。

キスの合間に、トーニャが「でも」と心配そうに呟いた。

「本当にできるかしら？　私の身体を見たら、その気がなくなるかもしれない」

「俺は君の平らな胸を見て美しいと思ったよ。すごくドキドキした」

首筋にキスしながら囁くと、トーニャは「えっ」と大きな声を上げた。

「まさか、広告の写真を見たの？」

「ああ、見た。ユウトの家に雑誌があったから。すごくきれいだった」

トーニャは「嫌だ、もう……」と恥ずかしそうに手で頬を押さえた。

「だけど写真と実物は違うものよ」

「俺はそうは思わないけど。そうだ。確認してみよう。いいだろう？」

喋《しゃべ》りながらトーニャが着ているシャツのボタンを外していく。抵抗はない。だからパッドを詰めたブラジャーも、素早く背中に手を回してホックを外した。トーニャは嫌がらないが困った表情をしている。

シャツの中に手を潜り込ませて肩を撫でると、シャツはするりと滑り落ちた。肌があらわになる。そこにあるのは確かに男の身体だった。けれどやっぱり美しいと思う。鎖骨の窪《くぼ》みも、小さな乳首も、肩から二の腕に続くなめらかな曲線も、すべすべの肌も、何もかもがきれいだ。

平坦な胸を目の当たりにしても、不思議なことに女性に見える。

ここにいるのは神さまの悪戯で、間違って男の身体に生まれついてしまった女の子。だから大切に触れて、優しく愛してあげなくてはいけない。ごく自然にそう思えるのだ。

「パコ、そんなに見ないで。恥ずかしい」

「ごめん。でもきれいだから目が離せない。……トーニャ、君はそのままで最高に素敵だ」

頭を下げて左の胸にキスをした。その薄い胸の下には鼓動を刻む心臓がある。トーニャの命だ。何度キスしても足りないほど、愛おしい気持ちが湧いてくる。

「やっぱり不安だわ。上手くいかなかったらどうしよう」

「そのときは何度でも挑戦すればいい。だってこれが最初で最後のセックスってわけじゃないんだし。……だよね？　俺にチャンスを一度しかくれないなんて、そんなひどいことは言わないだろう？」

上目遣いに尋ねると、トーニャはパコの髪を優しく撫でながら「もちろんよ」と微笑んだ。

「トーニャ。最初から何もかも上手くいく関係なんてない。時間がかかってもいいから、俺と君でつくっていこう。ふたりにとって一番いい形ってやつを」

ずっと触れたくて触れられなかった黒髪に頬を埋めて、深く息を吸い込んだ。あんなにも悩んできたのに、トーニャを胸に抱いた今は不思議なほど不安はなかった。

やっと一歩を踏み出せた。小さくて大きな一歩を。

すべてトーニャのおかげだ。これから先もしっかり者のトーニャには、何度も尻を叩かれそうだと思ったが、そういう想像にさえ気持ちが弾んで仕方がなかった。

「……わかった。じゃあ、明日待ってるよ。ああ、楽しみにしている」

電話を切ったあと、ユウトはひと息ついてからくるりと後ろを振り返った。ソファーに座ってビールを飲みながら雑誌を読んでいたディックに、「今の電話、誰からだと思う?」と尋ねる。

「パコだろう? 明日、うちに来るんだって?」

「そうなんだ。なんと、トーニャとふたりで!」

「それってもしかして……」

ディックは雑誌から顔を上げ、ユウトの顔をまじまじと見つめた。

「そのもしかしてだ。トーニャと真剣につき合うことにしたんだって!」

「本当に? パコ、とうとう決意したのか」

「そういうこと。俺に心配かけたから、真っ先に報告に行きたいって言ってくれてさ。明日はお祝いだな。とっておきのワインを開けよう。いいだろ?」

ディックは立ち上がってユウトの腰を抱くと、「もちろんだ」と頷いて頰にキスをした。

「よかったな、ユウト。これでひと安心だ。……だけどひとつ言わせてくれ。いい話に水を差すようで悪いが、パコは根っからのヘテロだ。過度の期待はしないほうがいい」

「わかってる。つき合いが続くか続かないかはふたり次第だからな。でも俺はパコが決意してくれたことが嬉しいんだ。パコは俺のヒーローだった。憧れの男だった。だから何かに挑む前から弱腰になって逃げだす姿は見たくなかった。やっぱりパコは俺の自慢の兄貴だよ」

先のことなど誰にもわからない。でも今は素直に嬉しかった。やきもきしながら見守ってきたふたりが、とうとう恋人同士になったのだ。心の底から祝福したい。

気持ちが高揚してじっとしていられなくて、ディックの厚い胸に顔をぐいぐい押しつけた。

ディックは「嬉しいのはわかるけどな」と言って、ユウトの耳朶《みみたぶ》を引っ張った。

「俺以外の男のことをあまり褒めるな。久しぶりにパコに嫉妬《しっと》しそうだ」

# Commentary

## パコとトーニャの関係について

ふたりが結ばれた「Can you feel my heart?」は、二〇一五年の特製小冊子で書かせていただきました。読まれてない方にすれば、本編でパコとトーニャがいつの間にか恋人同士になっていたわけですから驚きですよね。申し訳ありません。

この番外編をぜひとも読みたいというご要望をたくさん頂戴しました。大変お待たせいたしましたが、このたびようやく文庫という形で読んでいただけることになり、私も嬉しいです。

ふたりの出発点は、パコがトーニャを女性と思い込んで惚れてしまうって単純に面白そうだな、という軽い思いつきでした。ふたりの関係にやきもきするだろうユウトも書けて一石二鳥くらいのノリといいますか。当初はあくまでも番外編用のネタでした。

ですので、トーニャが男だと知ってパコが及び腰になった時点で、ふたりの関係が発展する可能性はないだろうと考えていました。なのにパコがいつまで経っても未練ありげな態度を取るものだから（笑）、私も次第に「もしかしてふたりがつき合う未来もあり得るのかな?」という気持ちになってきたようです。

それでもふたりの焦れったい関係にどう決着をつけるか、かなり迷いました。現実的なことを考えれば、上手くいくはずがないという気持ちもありましたし。でも今はどんな未来になっていくのかは、私じゃなくてふたりが決めてくれるはず、という気持ちでいます。

すべてパコとトーニャの心に委ねていこうと思います。どんな選択でも応援してるよ。

# Ordinary day

「じゃあ行ってくるよ。六時くらいには帰れると思う」

玄関で振り返ったロブに、ヨシュアは「行ってらっしゃい」と声をかけた。

今日は大学で講義をしたあと、学術誌の取材が入っているのでネクタイを締めている。ロブはどんな格好をしていても素敵だが、スーツ姿だといっそう魅力的だ。

ドアノブに手をかけたロブはヨシュアを見つめたまま動かない。どうしたんだろうと思って見つめ返していると、「大事なことを忘れてない？」と苦笑された。

「あ……。すみません」

ロブの望みに気づき、慌ててキスをした。ロブは満足げにヨシュアを抱き締め、「キスを忘れるなんてひどいよ」と耳元で囁いた。

「すみません。いつも見送ってもらう立場なので、うっかりしていました」

同居を始めて三か月になるが、ヨシュアが仕事に出かけるロブを見送るパターンは珍しい。

「思い出してくれてよかった。君のキスなしで出かけたりしたら、俺の一日はきっと散々なことになるからね」

笑いを含んだ甘い声が鼓膜を優しく撫でていく。ずっと抱き締められながらこの声を聞いていたかったが、そういうわけにもいかず、寂しい気持ちで身体を離した。

「今夜は私が夕食をつくりますね」

「いいよ。帰ってきてから一緒につくろう。そのほうが楽しいじゃないか」

ヨシュアはバンドエイドを巻いた自分の人差し指をこっそり見つめ、内心で溜め息をついた。ロブは無理するなと言ってくれているのだ。

休みの日くらいロブに朝食をつくってあげたいと思い、今日は頑張って早起きをした。だがひどい低血圧のヨシュアに、朝からの料理は無理があった。盛大にいろんなものを落とし、パンケーキを何枚も焦がし、オレンジをカットしながら指まで切った。簡単なメニューなのにキッチンで右往左往してしまった。

あとから起きてきたロブは大喜びで完食して、「すごく美味しかったよ」と褒めてくれた。ヨシュアのつくったものなら腐っていても喜んで食べそうな男だから、本心かどうかはわからないが、それでも喜んでもらえて嬉しかった。

ロブはいつだって優しい。家事のほとんどを担当してくれて、そのうえヨシュアが疲れているときは、ベッドでマッサージまでしてくれるのだ。

そのままセックスに雪崩《なだ》れこんでしまうことも多いので、多少は不純な動機も含まれているのかもしれないが、それ自体はなんの問題もない。むしろヨシュアには喜ばしい出来事だ。恥ずかしいので伝えたことはないが。

ロブに愛されていることを、毎日実感している。

こんなに幸せで本当にいいのだろうか、とたまに怖くなる。そんな不安を覚えるのは、いいことが起きたら必ず悪いことが起きるという考え方が、身についてしまっているせいだ。前にそのことをロブに話したら、「俺は反対だな。悪いことが起きたら、次はきっといいことが起きるって思う」と言われ、妙な感動を覚えた。

いいことと悪いことが交互に起きる。要するに同じことなのにヨシュアの考え方は後ろ向きで、ロブの考え方は前向きだ。

ネガティブな人間とポジティブな人間では、同じものを見ても捉え方や感じ方が違う。

洗濯と掃除をして、庭の植物や芝生に水やりをして、昼にはＰＢ＆Ｊをつくって食べた。ピーナッツバターとジャムを食パンに塗っただけの、子供向け定番サンドイッチ。なんとなく久しぶりに食べてみたくなったのだが、これといった懐かしさは感じず、眉をひそめたくなる甘さだけが口に残った。

食べ終わって皿を洗ったら、もうすることがなくなった。ジムに行って汗を流そうかとも思ったが、なんとなく出かけるのは億劫《おっくう》だった。午後からは怠惰に過ごそうと決めて、レモネードをつくった。

以前は休みの日だろうと、自分で決めたトレーニングメニューを必ずこなしていたが、最近は気分で行動することが増えた。ロブに甘やかされて生活しているうち、精神が軟弱になってしまったのかもしれない。望ましい変化ではないとわかっているが、不思議と嫌な気分にならないのはなぜだろう？

レモネードが入った冷たいグラスを手に持ち、外に出た。ポーチに置かれたベンチに腰かけ、よく晴れた青空を眺める。雨期なのにこのところはまったく雨が降らない。今年はどうやらそういう年らしい。

一匹の黒猫が庭の中に入ってきた。

我が物顔で芝生の上をゆっくりと横切っていく。よく見かける猫だ。首輪をしているので飼い猫らしいがまるで愛想がなく、猫好きのロブが目尻を下げて呼びかけても、一顧だにせず去っていく。失礼な奴だと思うが、「猫ってつれない態度もたまらなくいいよね」とロブが言うので、表立って非難したことはない。

「あら、ヨシュア。こんにちは。いいお天気ね」

振り向くと、スポーツウェアに身を包んだダーレン夫人が立っていた。

隣に住んでいる六十歳くらいのご婦人だ。ヨシュアは「ええ本当に。お散歩ですか。お気をつけて」と返した。

近隣の住民はヨシュアにも親切だ。本音まではわからないが、男同士で結婚したカップルに理解を示してくれている。それもこれもロブが近所づき合いをおろそかにせず、確かな信頼関係を築いてきたからだろう。

ロブを嫌う人間はいない。もしいたらヨシュアはきっとその人物の人間性を疑ってしまう。

姉のシェリーが生きていれば、と最近よく考える。男と結婚した弟に失望しただろうか。どうしても悲しんだり怒ったりするシェリーは浮かんでこない。幼い頃から誰よりもヨシュアの幸せを願ってくれた人だから、あなたが幸せならそれでいいと言ってくれる気がするのだ。シェリーにロブを会わせたかったと心から思う。どちらもヨシュアにとってかけがえのない存在だ。そのふたりが一緒にいるところを見てみたかった。

ロブにくだらない冗談を聞かされ、大笑いするシェリーを想像してみる。

『ねえ、ヨシュア。ロブってどうしてこんなに面白いの？ あなたよく平気でいられるわね。私は笑いすぎて涙まで出てるのに。もうメイクが崩れて大変よ』

『シェリー、大丈夫だよ。マスカラが取れてパンダみたいになっても、君が美人だという事実は決して変わらない。そうだろ、ヨシュア？』

そんな光景が現実のことのように目に浮かぶ。けれど微笑ましい気分に水を差すように、シェリーが殺されていなければ、ロブとは出会えなかったのだとも思ってしまう。ロブという伴侶《はんりょ》を得られたのは、シェリーの死があったから。そう考えると複雑な気持ちも芽生える。

これだから自分は駄目なのだ。素直にシェリーがロブと自分を引き合わせてくれたと考えるべきだ。何もかもシェリーのおかげ。そう思うほうがシェリーだって嬉しいはずだし、ヨシュアも明るい気分になれる。

いいことのあとには悪いことが起きるのではなく、悪いことのあとにはいいことが起きる。いいことしか起きない人生はないし、悪いことしか起きない人生もない。両方が繰り返されて続いていくのが人生だ。それならばロブ方式でいくほうが、人生は何倍も楽しげだ。

飲み終わったレモネードのグラスを窓枠に置き、目を閉じた。

ロブのいない休日はつまらない。けれどロブのことを考えながら過ごすひとりの時間は、それほど悪くない。

あまりにのどかな午後だったので、そのまま居眠りしてしまった。少しの間、うとうとしてから、足に違和感を覚えて目が覚めた。

何やら足がくすぐったい。

見るとあの黒猫がいて、ヨシュアの足首に顔を近づけていた。匂《にお》いを嗅《か》いでいるのか、しきりに鼻先を寄せている。

どうしていいのかわからず動かないでいると、猫はおもむろにヨシュアを見上げ、ぴょんとジャンプして膝に乗ってきた。

金色の目が至近距離にある。何かを訴えるかのような眼差しだ。

恐る恐る手を伸ばし、そっと頭を撫でてみた。猫は目を細めて気持ち良さそうにしている。

しばらく撫でてやったら満足したのか、猫は唐突に飛び降りていなくなった。

きっと自分の家に帰ったのだろうと思った。

それがどこなのか、ヨシュアにはわからないが。


「あの猫が膝に乗ってきたのっ？　そいつはすごい！」

夕食をつくりながら猫のことを話すと、ロブは想像以上に羨ましがった。猫好きには垂涎《すいぜん》ものの出来事らしい。

「それにしても、一体どうやって手懐《てなず》けたんだい？」

「何もしていません。向こうから勝手に近づいてきたんです。……猫も可愛いものですね」

「だろう？　一緒に暮らすともっと可愛いと思うよ。いっそのこと飼ってみる？」

ジャガイモの皮をピーラーで剝《む》いていたヨシュアは、思わず手を止めた。

「でもロブは猫アレルギーですよね？」

「子供の頃はひどかったけど、今はそうでもないみたい。ダグとルイスの家に行ったときも、スモーキーがいたのに全然平気だったし」

ヨシュアは「ロブが飼いたいなら構いませんよ」と答えた。

「うーん。そう言われると心が揺れるな。本当に飼ってもいいの？」

反射的に「もちろんです」と頷こうとしたが、それは本心ではない気がしたので、ヨシュアは黙り込んだ。

「どうしたの？」

ロブが不思議そうにヨシュアの顔を覗き込んでくる。

「……猫は可愛いと思いますが、本音を言えば飼いたくありません。すみません」

「謝らなくてもいいよ。もともと本気で飼う気なんてなかったんだし」

優しい態度で言われたが、ぬか喜びさせたようで申し訳ない気持ちになった。

「飼いたくないと思った理由を正直に言います。もしも猫を飼ったら、あなたはきっと猫に夢中になるでしょう。そしたら私は猫に嫉妬してしまうかもしれない。いえ、絶対に嫉妬します。それが嫌で反対しました」

ロブには隠しごとはしたくない。だから馬鹿馬鹿しい本心も打ち明けた。笑ってくれると思ったのに、ロブは無言でいる。きっと呆《あき》れているのだ。

いたたまれない気持ちになり、「本当にすみません」とまた謝った。

「え？　どうして謝るの？」

「だって呆れているんでしょう？　私が子供みたいなことを言ったから」

「違う、違うよっ。呆れてなんかいないって。感激していたんだ！」

ロブは慌てたように否定して、持っていたレードルを放り出してヨシュアを抱き締めた。

「感激、ですか？」

「そうだよ。君が猫にまで妬《や》いてくれるなんて言うから、めちゃくちゃ嬉しかったんだ。本当に君って奴は、なんて可愛いんだろう。子猫が束になってかかってきても君には敵《かな》わない」

子猫の集団と戦う自分を想像しそうになったが、多分そういう意味ではない。ロブはヨシュアの額にキスしながら、「猫は飼わない」と断言した。

「嫉妬はしてほしいけど我慢するよ、スウィーティ。君に嫌な思いはさせたくないからね」

「ロブ。火加減を調節しないと、鍋が焦げますよ」

「わっ、やばい！」

ロブはレンジのつまみに飛びつき、レードルでぐつぐつ煮立ったスープの鍋をかき混ぜた。

「ところで、猫を膝に乗せた以外、何をしてたの？　今日はどんな一日だった？」

掃除をして芝刈りをして、と説明しかけたが、気が変わってやめた。

「今日はなんでもない一日でした」

「なんでもない一日か。それはよかったね」

微笑むロブにヨシュアも笑みを返した。

なんでもない一日。

それは悲しいことも辛いことも起きなかった、とても幸せな一日。

# You spoiled me

「ヨシュア、本番よ」

女性スタッフがやって来て、ヨシュアに声をかけた。

ヨシュアは頷《うなず》いて椅子から立ち上がり、着ていたバスローブを脱いで女性に渡した。膝丈《ひざたけ》の黒いランニングスパッツのみを身につけたヨシュアは、撮影場所となるトレーニングルームへと入っていく。

「あれ。ヨシュア、少し痩《や》せた？」

隣にいたユウトが小声で話しかけてきた。

「そうなんだ。コルヴィッチ監督のオーダーで、身体を絞ったんだよ」

ヨシュアはグアマルカでのロケに参加する前から炭水化物を制限しつつ、コルヴィッチ推薦のトレーナーから肉体改造の指導を受けていた。もともと鍛えているヨシュアだが、見た目をよくするための筋トレを開始したのだ。

効果は如実に現れた。パンプアップしたわけではないのに、以前より筋肉がきれいに浮かび上がっている。

今から撮影するのはミコワイが一味の隠れ家でトレーニングに励み、その後、シャワーを浴びるという場面だ。短いシーンだがミコワイの持つストイックさや力強さ、そして美しさが印象づけられる。

汗を演出するためにスプレーで水をかけられたヨシュアは、コルヴィッチの指示に従い、腹筋、懸垂、片手での腕立て伏せなどを、次々とこなしていった。リアリティを求めるコルヴィッチがストップをかけないので、ヨシュアはきっと本当の汗をかいていたと思う。

トレーニングシーンの撮影が終わると、そのままシャワーのシーンに入った。

まず顔のアップをいろんな角度から撮り、最後は全裸になって全身を撮る。ヨシュアの彫刻のような美しい肉体は、どこから撮られても隙《すき》がなく完璧《かんぺき》なはずだ。

このシーンは共演者がいる。一味のリーダー役のウェブスターだ。演じるのはティム・D・レスラー。ウェブスターはシャワー室のドアを開け、「ボスから指示が出てアメリカに向かう。すぐ支度をしろ」と告げる。

ミコワイは「向こうでも殺せるのか？」と手話で尋ねる。観客はここで初めてミコワイが喋《しゃべ》れない男だと知る。ウェブスターが「好きなだけ殺させてやるよ」と答えると、ミコワイはわずかな笑みを浮かべ、シャワー室を出ていく。

実際の映画では短く編集されるシーンなのに、コルヴィッチはこだわって何度もテイクを重ねた。ミコワイをいかに美しく撮るか、そのことしか頭にないような熱心さだった。

満足のいく撮影ができたようで、モニターチェックを終えたコルヴィッチは上機嫌だった。

バスローブを着せられたヨシュアが戻ってきた。緊張のせいか、トレーニングのせいか、それとも長くシャワーに打たれすぎたせいか、少しぐったりしているように見える。

「お疲れさま。コーヒーでも取ってこようか？」

ロブの言葉にヨシュアが答えようとしたそのとき、衣装の若い女性スタッフが「すごく素敵だったわ！」と興奮気味に話しかけてきた。他の女性スタッフたちも寄ってきて、「ヨシュアって本当に着やせするのね」と話に加わった。ヨシュアは「ありがとうございます」とか「そうですか」とか、どうにか笑みを浮かべて答えている。

なかなか解放されそうにないので、ロブはその場を離れた。コーヒーポットの置かれたテーブルでコーヒーを注いでいると、ユウトもやって来た。

「ヨシュアはすっかり人気者だな」

「女性ってきれいな男が好きだからね」

「あれ？　なんだか機嫌が悪いな。まさか嫉妬《しっと》？」

からかい口調で言われてドキッとした。内心の苛立《いらだ》ちが態度に出ていたのだろうか。

「俺としたことが修行が足りないな」

手で頬を二度叩《たた》いた。ユウトが「え、本当にそうだったのか？」と驚いたので、ロブのほうが驚いてしまった。

「なんだよ、フェイクだったのかい？」

「違うよ、ただの冗談。ロブがこれくらいのことで焼《や》き餅《もち》を焼くなんて珍しいな」

一瞬、どう答えればいいのかわからなくなった。

ユウトは誤解しているようだが、ロブは普段から嫉妬深い。ただそういった感情を上手《うま》く隠しているだけだ。みっともない自分を知るのは、自分ひとりだけでいいと常々思っている。

「ヨシュアがもてると不安になる？」

「まあね。でも俺だけのヨシュアでいてほしいって思うのは、くだらないエゴだってわかってるから我慢するよ」

肩をすくめて答えた。そうだ、我慢しないといけない。

ヨシュアが女性に囲まれようが、彼の裸が世界中の人々に見られようが、そんなことで不機嫌になるのは間違っている。ヨシュアに映画出演を勧めたのは自分なのだから。

ヨシュアはまだ若く、いろんな可能性に満ちている。なのに本人は目の前にあるものしか見ていない。そこにドアがあっても開けて外に出ていこうとしないのだ。もっと大きな世界を見てほしくて、いろんな想いを味わってほしくて、ロブは挑戦する気持ちの大事さを訴えた。

ヨシュアが映画出演を承諾した根底には、ロブを失望させたくないという気持ちがあったはずだ。きっとそうなるだろうことも予想済みだった。というより、若干そういう計算をしてヨシュアに働きかけていた。

だが今のヨシュアは自分のために、コルヴィッチのために、スタッフのために、真剣にミコワイを演じている。そこにはもうロブの介在する余地はない。喜ぶべき成長のはずなのにどういうわけか、寂しさとくだらない嫉妬を覚えている。

要するにあれだな、とロブはコーヒーを飲みながら思った。

ヨシュアの成長と自立を望みながら、心の底では自分を頼りにして、いつも必要としてほしいと思っている。

なんたる矛盾。我ながら自分の駄目さに嫌気が差す。

女性たちに囲まれたヨシュアが、何か言いたげにこっちを見ていた。いつもなら微笑《ほほえ》んだり手を上げたりするところだが、自己嫌悪で最悪の気分を味わっていたロブは、いい男を演じるのが嫌になり、ヨシュアの視線に気づかないふりをした。


「疲れてない？　マッサージでもしてあげようか？」

シャワーを浴びて出てきたヨシュアに声をかけると、「話があります」という答えが返ってきた。なんとも穏やかではない反応だ。

ロブがベッドに腰を下ろすと、ヨシュアも自分のベッドに座った。向かい合う体勢だ。

「話って何？」

「……今日、私と目が合ったのに無視しましたよね。なぜなんですか？」

「俺は君の視線に気づいてなかったんじゃないかな」

ヨシュアは硬い表情で「いいえ」と首を振った。

「一瞬ですが、ちゃんと目が合いました。誤魔化すのは事実だからでしょう?」

確信を持っているヨシュアに嘘《うそ》は通用しない。

「ごめん、確かに君の言うとおりだ」

ロブは率直に謝った。ヨシュアの顔が一気に不安そうになった。

「私が何かしましたか? もしロブを怒らせたり、失望させたりすることが——」

「違うよ、ハニー。君のせいじゃない。君が女性たちに囲まれているのを見て、ちょっと嫉妬しただけなんだ。それでつい、君の視線を無視してしまった」

ヨシュアは疑わしそうな目つきだった。

その疑惑は正しい。女性たちが問題なわけではない。だが本当の理由は絶対に教えたくなかった。映画に出るべきだと言ったくせに、新たな環境で成長するヨシュアを見て、嫉妬しているなんてことは口が裂けても言えやしない。

「本当にそんな理由なんですか?」

「そうだよ。君が楽しそうにしているから、ちょっと腹が立ってしまった。ごめんよ。俺って実に大人げないよね。反省してる」

「楽しそうにした覚えはありませんが、そう見えたのなら謝ります。明日から女性スタッフとは口を利きません。それで許してもらえますか?」

真顔でそんなことを言い出すものだから、ロブは慌ててしまった。ヨシュアの隣に移動して手を握り、「何を言うんだ、駄目だよそんなこと。絶対に駄目だ」と訴えた。

「私にとって一番大事なのはロブです。そのロブが嫌な気持ちになるのなら、女性と喋りたくありません。私はあなただけでいいんです。本当に必要な相手はあなたしかいないんです」

真剣な眼差《まなざ》しで見つめてくるヨシュアに胸が熱くなった。純粋の塊みたいな子だ。

「君の気持ちはすごく嬉《うれ》しいけど、ねえベイビー、そういう方法は間違っているよ」

ヨシュアの髪を撫《な》でながら囁《ささや》いた。途端にヨシュアの顔が悲しげに曇った。

「では、どうすればいいいんでしょう?」

「俺の嫉妬はただの身勝手だ。君も女性たちも悪くない」

「ですが、あなたを嫌な気持ちにさせてしまった。私は嫌です。どうにかしたいんです」

真摯《しんし》な気持ちが嬉しくて泣きそうになった。なんて深い愛情を突きつけてくるんだろう。

「だったらいい対処法がある。すべて帳消しになる方法だ」

「本当ですか?　ぜひ教えてください」

「簡単な方法さ。俺を甘えさせてくれればいいんだ」

ヨシュアは眉根を寄せた。

「まったく意味がわかりません」

あまりの鈍さに苦笑してしまった。けれどこういう察しの悪さもまた愛《いと》おしい。

「言葉どおりの意味だよ。たとえば一緒にお風呂に入って身体を洗ってくれたり、アイスクリームを君のスプーンで食べさせてくれたり、膝枕をしてくれたり、そういうこと」

「……要するに子供がしてほしがるようなことを、ロブにしてあげればいいんですか？」

そういうふうに聞かれると、お前は赤ちゃんプレイが好きなのかと言われているみたいで、ちょっとだけ恥ずかしくなった。

「まあ、そういうことかな。好きな人に甘えさせてもらうのって、すごく幸せなことだろ？ つまらない嫉妬も不機嫌も君が俺を甘やかしてくれたら、きっと全部吹き飛んじゃう」

「わかりました。ではそうしましょう。まずはどうすればいいですか？」

クライアントの意向を尋ねるような言い方だった。ロブは「自分で考えてみて」と意地悪を言った。ヨシュアは「え」と言ったあと、しばらく固まっていた。

二分くらいしてから、ヨシュアはロブに向かって「抱き締めてあげます」と両腕を大きく開いた。照れ臭いのか怒ったような顔になっている。

「ハグだけ？」

「あとで膝枕をしてあげます。頭も撫でてあげます」

散々、考えてそれしか思いつかないヨシュアが愛おしくてたまらない。

「そいつは最高だな」

ロブは微笑んで、生真面目な恋人の腕の中に飛び込んだ。

「嫉妬なんかしてごめんよ。俺は君が思うほど大人じゃないんだ」

「そうですね。甘えさせてほしいだなんて、ロブが言うとは思いませんでした」

「失望した？」

不安になって尋ねると、ヨシュアは「いいえ」と首を振った。

「私はそういうロブも大好きです」

ヨシュアの腕に力がこもった。ロブは「よかった」と呟《つぶや》き、最高の抱擁に身を委ねた。

# Commentary

## ロブとヨシュアの今後

この頃のロブ視点のお話は、悩んでばかりですね。ヨシュアが俳優になるかならないのか、という運命の分かれ道の一歩手前の時期。これを私はロブのグダグダ期と呼んでいます。

ロブのグダグダ期は、同時に私自身のグダグダ期でもありました。ヨシュアの俳優転向を、こうやって短編をいくつも書きながら私も決めかねていたのです。

パコとトーニャの始まりと同じで、ヨシュアがコルヴィッチ監督にスカウトされた話も、その後に繋げる気持ちはいっさいありませんでした。これも短編用のネタ。何よりその頃は長編を書く予定がなかったので、そもそも番外編の短編で映画に出る出ないもありませんし。

ですがシーズン2として『OUTLIVE』を書かせていただけることになり、ヨシュアを映画に出すと決めました。ただ一作限りの出演なのか、それとも俳優に転向するのか、という問題も発生しました。俳優になればロブとヨシュアの人生は大きく変わっていきます。私の悩みを引き受けたかのように、ロブが悩みまくってくれました。そして答えが出たのが『PROMISING』。ようやく決着がついてロブもすっきり、私もすっきりな一冊でした。

シーズン2の三作目『BUDDY』の作中では、まだ映画は公開になっていませんでしたが、もし次に長編を書くことがあれば、映画俳優JBが世の中に誕生しそうですね。

俳優のヨシュアを応援すると決めたロブですが、これからもたまにネガティブになることはあるでしょう。そんなときはヨシュアに甘えてね。ヨシュアはどんどん成長しているので、そのうちロブを上手く転がせるようになるのでは、と期待しています（笑）。

# Peaceful time

グアマルカから帰国してロサンゼルス国際空港に到着したユウトとディックは、タクシーで帰るというロブたちと別れてシャトルバスに乗り、パーキングに向かった。

駐《と》めてあった車に荷物を積み込んだユウトは、「さてと」とディックを振り返った。

「ユウティを迎えに行かなきゃ」

「どうする？　あいつがお家には帰らない、トーニャんちの子になるって言い出したら」

ユウトが「お尻ペンペンだな」と答えると、ディックは笑って「体罰はよくないぞ」と首を振った。もちろん冗談だが、居心地がよすぎて帰るのを嫌がったらどうしようという不安は少しだけあった。

トーニャの部屋に到着してインターホンを押すと、ドアが開いてネトが出てきた。

「ふたりともお帰り。ユウティがお待ちかねだぞ」

ネトの足元にユウティがいた。たった数日でも可愛いユウティに会えなくて、どれだけ寂しかったかしれない。ユウトは咄嗟《とっさ》に床に跪《ひざまず》いた。

「ただいま、ユウティ！」

ユウティは尻尾《しっぽ》を振りまくって飛びかかってきた。猛然と顔中を舐《な》めてくるので、ユウトは床に転がってしまった。ユウティはいっそう熱心に顔を舐めてくる。寝転がったユウトがどう逃げてもやめてくれない。

「ストップ、ユウティ……っ、こら、やめろって……っ！」

笑いながら叱《しか》ったが、興奮したユウティはいっこうに言うことをきかなかった。普段はこんなふうに人の顔を舐めることをしないので、これはすごく珍しいことだ。

見かねたディックが「お座り」と低い声で言うと、ようやく離れてくれた。だがディックにも飛びつきたくてしょうがないらしく、お座りしながらもお尻がプリプリと左右に揺れている。

「熱烈大歓迎だな。ふたりとも無事でよかった」

ユウトは立ち上がってネトとハグをし、「ユウティの面倒を見てくれてありがとう」と礼を言った。残念ながらトーニャは仕事でいないようだ。

「すごくお利口にしていたが、留守番が相当寂しかったらしい。暇さえあれば、玄関のドアを眺めて過ごしていたぞ」

ネトに頭を撫でられたユウティは、そのとおりだと言うように尻尾を振った。

「それにしても、お前たちはつくづく強運だな。クーデターに巻き込まれて、怪我《けが》ひとつせずに帰ってくるとは驚きだ」

「怪我ならしてる。全身打撲、擦り傷、切り傷いろいろあるぞ」

ディックが言い返すと、ネトは「そんなものは怪我のうちに入るか」と笑った。

「トーニャも心配していた。来週の日曜日に生還祝いのパーティーをすると言ってたぞ。ルイスの家でやるんだとさ。主賓そっちのけで決めちまった」

「嬉しいよ。ぜひ参加させてもらう。これはトーニャへのお土産で、こっちはネトにだ。グアマルカ産のラム酒と葉巻。口に合えばいいけど」

ネトは包みを開けて「ダークラムか。いいな」と相好《そうごう》を崩した。

「グアマルカで葉巻をつくっているのか」

「アメリカにはほとんど輸入されてないそうだ。昔、キューバ危機でグアマルカに亡命した職人たちが興した産業で、品質がすごくいいらしい」

「ありがとう。今夜はこいつで一杯やりながら、久しぶりに葉巻を楽しむことにする」

喜んでもらえてよかった。ネトに見送られて車に乗った。窓越しにユウティを撫でるネトの様子は、少しだけ寂しそうだった。見つめ合うふたり——いやひとりと一匹の間には、彼らにしかわからない絆《きずな》が存在しているように思えた。

「ユウティの奴、すっかりネトに懐いたな」

車が走りだしてしばらくしてから、ディックが言った。

「うん。以前はちょっとだけ怖がってるようなところがあったのにな。……ディック、腹が空《す》かないか？　俺はかなりぺこぺこだ」

「俺もだ。どこかの店に寄って食べるか？」

「でもユウティがいるし。……そうだ。ＩＮ－Ｎ－ＯＵＴのドライブスルーでハンバーガーを買って帰ろう」

　ディックは「LAに戻るなりイナナウトか」と苦笑した。

「いいじゃないか。美味《おい》しいんだし。ここからならハンティントン・パークの店が近い」

「俺は味だけならハビット・バーガー・グリルのほうがうまいと思うけどな」

「炭火焼きのパテは確かに俺も好きだけどさ。でもやっぱり今夜はイナナウトの気分だな。そうだ、俺はイナナウトで買って、ディックはハビット・バーガーで買えば？」

「いや、俺もイナナウトでいい。お前と同じものが食べたい」

　優しい声でそんなことを言うからなんだか照れてしまい、「無理しなくていいのに」と言ってやると、「こんなものは無理のうちに入らない」と笑われた。


　ユウトはチーズバーガー、ディックはパティとチーズ二枚が入ったダブルダブルバーガーを選び、それぞれフライドフライとセットで注文した。

　ここのポテトは冷凍していないので絶品だ。ハンバーガーはそのままでも十分美味しいのだが、こってりした味を楽しみたくて、ふたりともアニマルスタイルをチョイスした。アニマルスタイルにするとパテはマスタードでこんがり焼かれ、フレッシュオニオンが炒《いた》めた刻みタマネギに代わり、ピクルスが追加され、特製ソースも増量になる。

家に帰ってからビールを飲みながらハンバーガーにかぶりついた。ユウティは久しぶりの我が家が嬉しいのか、家の中をうろうろ歩き回っている。

「なんだか変な感じがするな」

ユウトが言うと、ディックはビールを飲みながら「何が？」と尋ねた。

「こうやって家でディックとハンバーガーを食べていると、グアマルカに行ったことや、あんな事件に巻き込まれたのが、全部夢だったみたいに思える」

「終わってしまえば、なんだって夢みたいに感じるものさ」

そのとおりだな、とユウトは思った。どんな時間も過ぎてしまえば夢になる。いくつもの夢の時間を通り過ぎ、自分たちは今という時間を生きているのかもしれない。けれどその今も、一瞬後には夢となる。

「シャワーを浴びてくる」

食べ終わり、ディックが立ち上がった。なんとなく離れたくない気分だったので、「俺も一緒に入ろうかな」と言ってみたら、ディックは嬉しそうな顔つきになった。

「ふたりで一緒に入るのは久しぶりじゃないか？」

ミスターパーフェクトが鼻の下を伸ばしている。アサルトライフルを持って格好よく戦っていたディックとは、まるで別人のように締まりがない顔だ。

ディックは準備をしてくると言って浴室に消えた。なんの準備だろうと思いながら、自分の部屋で荷物を解いていると、ディックが「もう入れるぞ」と呼びに来た。

「……ディック。やりすぎだ」

浴室を覗《のぞ》いて笑ってしまった。バスタブはこんもりとした泡で満たされ、いくつかのアロマキャンドルまで焚《た》かれている。

「前にトーニャにもらったバスソルトも入れた。いい香りだろう？　それからこれもある」

ディックの背中から出てきたのは、スパークリングワインのボトルと二つのワイングラスだった。ユウトは笑って頭を振りながら服を脱いだ。

「イナナウトのハンバーガーを食べたあとに、こんなロマンチックな演出をされても困る」

「そう言わずにギャップを楽しんでくれ」

バスタブはふたりが一緒に入るには狭いが、せっかくのディックの演出だ。窮屈でも我慢して入った。

ディックの胸に背中を預けながら、泡風呂で飲むワイン。正直笑ってしまいそうだったが、アロマキャンドルの暖かみのある明かりを眺めていると、ゆったりした気分になれた。

ディックは後ろからユウトの首筋や肩に何度も泡をかけて、肌を優しく擦《さす》ってくれた。心地よくてうっとりしてしまう。ただバスタブは浅いから、すぐ肌寒くなってきた。

「深さのあるバスタブだといいのにな。胸まで浸かれるくらいの」

「お前はお湯に浸かるのが好きだよな」

「風呂好きはきっと、日本人のＤＮＡのせいだ」

というのは冗談で、日本で暮らしていたとき、世話になっていた親戚の家で毎日湯船に浸かり、日本式の入浴方法が好きになったのだ。何度か連れていってもらった銭湯という公衆浴場も最高に楽しかった。

「家を買ったら、大きくて深さのあるバスタブを別注しよう」

ディックが言うので、「やっぱりコルヴィッチ監督に映画化権を売らないと」と答えた。当分この冗談は何かにつけて、ふたりの間で交わされるだろう。

「また仕事に明け暮れる毎日が始まるな」

ディックがユウトの胸を撫でながら、耳元で囁いた。撫でてくる手のひらの熱さが気持ちいい。ユウトは仰《の》け反《ぞ》るようにディックの肩に頭を乗せた。

「ディックは映画の仕事、これからまったくないのか？」

「トムの相棒がいるから、俺はもうお役御免だ」

「またスタントを頼まれるかも。……ディック、そこは駄目だ」

「ＬＡには一流のスタントが山ほどいるさ。……どうして駄目なんだ？」

聞きながらも、ディックの指先はユウトの胸の尖《とが》りをソフトに弄《いじ》ってくる。

「だって、気持ちよくなったら、ここでしたくなるだろ」

「すればいいじゃないか。バスルームで恋人同士がセックスしちゃいけないなんて法律は、カリフォルニア州にはないぞ」

耳朶《じだ》をやんわりと噛《か》まれ、ユウトの唇から「ん」と甘い声が漏れた。

首を曲げてディックを見つめる。キャンドルの揺れる明かりに照らされ、ディックの瞳も淡く揺れている。

自分から唇を寄せてキスをねだった。ディックが首を曲げて唇を重ねてくる。甘いキスに溺《おぼ》れそうになったが、それがまた視界の隅に入り、やっぱり駄目だと思った。

「ディック、ストップだ」

「嫌だね。ここでお前を抱く」

ユウトは「だってあれを見ろよ」と聞き分けの悪い恋人の頰を指で押した。ディックの顔が浴室のドアのほうを向く。

ふたりの視線の先にあるもの。

それはわずかに開いた扉の隙間から、鼻先を突き出しているユウティだった。ふたりが出てくるのを待ちきれなくて、やって来たのだろう。

「あれでもここでするって言うのか？」

「うーん。ちょっと無理かな」

黙って鼻だけを突っ込み、賢くお座りをしているユウティを前にして、ディックもさすがに抱き合うことはできないと思ったようだ。

「だろ？　あれはあまりにも可哀想すぎる」

「違うぞ、ユウト。あれは可哀想じゃなくて、可愛すぎるって言うんだ」

ユウトは「確かに」と笑った。ディックの言葉にまったく異論はなかった。

# Stranded heart

素晴らしく天気のいい昼下がり、ロブ・コナーズが自宅の庭で芝を刈っていると、真っ赤なシボレーカマロが駐車場に入ってきた。

初めて見る車だったが、運転席から降りてきた金髪の男はロブのよく知る相手だった。

「やあ、ルイス。車を買い換えたの？　格好いいね」

「たまには派手なのもいいかと思ってさ。でも赤はさすがにやりすぎたかも」

サングラスをかけたルイス・リデルは、我《わ》が儘《まま》な恋人を見るような目つきでカマロを振り返った。洗いざらしの白いシャツにビンテージジーンズ。足元は素足にエルメスのスニーカー。気取らないセレブの休日といった雰囲気だが、在宅ワーカーのルイスは大体いつもこういうラフなスタイルだ。

ルイスは大学時代の同級生で、年齢は三十六歳。腰回りに少々肉がついてきたロブとは違って、学生時代と寸分違わない痩身《そうしん》を維持している。太りたくても太れない体質らしく、少し食べすぎただけで体重が増えるロブからすれば、まったくもって羨《うらや》ましい話である。

「赤でもいいと思うよ。今をときめく人気作家、エドワード・ボスコが乗るには相応《ふさわ》しい車だ」

「ダグもそう言ってくれたけど、原稿が行き詰まったらすぐ買い換えると思う」

派手な車は憂さ晴らしというわけか。売れっ子作家も楽な稼業ではないのだろう。

ヒット作をたくさん持つミステリ作家のルイスは、ロス市警に勤務するダグ・コールマンとハリウッドヒルズに住んでいる。ベストセラー作家と安月給の刑事がつき合えばいろいろと難しいこともあるように思うが、その点について不安を抱えているのはルイスだけで、ダグのほうはいたって自然体だ。面白いくらいに嫉妬もなければ過度の劣等感もない。

ルイスは毒舌で一見すると気の強い性格に見えるが、実際は繊細で扱いがなかなか難しい。そんなデリケートな部分のある六歳年上の恋人をダグは優しく包み込んでいて、ルイスはいい恋人を見つけたとロブは心から思っていた。

「ところで急にどうしたの？」

「取材の帰り。今書いてる作品にハンティントン図書館が出てくるんだよ」

ハンティントン図書館は、鉄道王として有名な大富豪ヘンリー・E・ハンティントンの元邸宅で、ロブの家から車で十五分ほどの場所にある。現在は図書館、美術館、植物園になっており、貴重な美術品がたくさん収蔵されている。庭園も必見の価値がある素晴らしい場所だ。

「今日は日曜だし、もしかしたらいるかと思って寄ってみたんだ。ヨシュアは？」

「撮影でいない。どうぞ入って。お茶を淹《い》れるよ」

ロブの恋人、ヨシュア・ブラッドの本職はボディーガードだが、今はルイスの人気シリーズ最新作『天使の撃鉄』の映画に役者として参加している。

ルイスを室内に招いて紅茶を淹れた。今日は少し肌寒い気温だからホットにした。

「ハンティントン図書館は、今はローズガーデンが見頃かな」

「ああ。薔薇《ばら》がきれいだった。でも俺は日本庭園が一番好きなんだ。本当に素晴らしい」

「同感だ。あの庭園は俺も大好きだよ。見るたび日本に行きたくなる」

ルイスは紅茶をひとくち飲み、「気が合うな。俺もだ」と頷いた。

「そうなのか。だったらいつかみんなで日本を旅行するのもいいよね。ユウトがいれば通訳してくれるし」

「そのときは、ぜひとも京都《きようと》と奈良《なら》に寄りたい。知ってるか？　奈良の鹿は餌《えさ》をもらうために、観光客にお辞儀をするんだ」

「そりゃ面白い。ぜひとも見てみたいな」

しばらく日本談義に花を咲かせたあとで、「君の原稿、読ませてもらったよ」とルイスが切り出した。

その件で来たのかもしれないと薄々は予想していた。そしてわざわざ足を運んで直接返事を伝えるということは、残念な結果になるのかもしれないという予感も。

けれどロブはそんな内心をおくびにも出さず、「傑作だったろう？」と明るい笑みを浮かべてルイスを見た。

「ああ、お世辞抜きで面白かった。俺でよければ推薦コメントをぜひ書かせてくれ」

「本当にっ？　エドワード・ボスコの推薦をもらえるなら心強いよ！」

悪い予想が外れていたとわかり、ロブの顔には本心からの笑顔が広がった。

犯罪学者のロブは、犯罪心理学や犯罪社会学に関する本を何冊も出版している。学術的な専門書がほとんどだが、一般向けの犯罪関連書も数冊あって、次に出す『怪物ではなく　シリアルキラーの素顔』もそういった類《たぐ》いの本だった。

世を騒がせた凶悪事件の犯人たちを取材し、彼らの生い立ちから犯行に至った動機や背景などをロブなりの視点で考察して、さらには過去に起きた類似事件との比較に加え、統計的側面からもアプローチしている。

難しくなりすぎないよう読みやすさを意識して執筆したが、だからといって軽い読み口にはなっておらず、充実した内容に仕上がったと自負していた。この本は多くの人に読んでもらいたいという気持ちが強く、ルイスに面白いと思ったら宣伝時に使用するコメントをもらえないかと打診していたのだ。

友達だからって無理して引き受けなくてもいい。もしつまらなかったらきっぱり断ってくれ。大丈夫、そんなことで君の料理にだけ激辛チリソースを仕込んだりしないから――。とも言い添えてあった。

「さすがは学者だと思った。緻密《ちみつ》で専門的な内容もそうだけど、悲惨な犯罪を掘り下げて犯人に肉薄しているのに、感情的にならずフラットな筆致に終始している。なのにどんどん味のある文章に引き込まれていくんだ。君、ミステリ小説も書けるんじゃないか？」

「おだてるなよ。その気になったら困るだろう。俺まで人気作家になったら大変だ」

ロブのジョークをルイスは無言でやり過ごし、残りの紅茶を飲み干した。

「ところで、ヨシュアは順調にやってるみたいだな」

「ああ。だいぶ慣れてきたのか、最近はリラックスして撮影に臨んでいるようだ」

グアマルカでのロケが終わり、今はＬＡでの撮影が続いている。

ヨシュアの役どころは冷徹な殺し屋ミコワイ。数々のヒット作を世に送り出してきた映画監督のジャン・コルヴィッチに、イメージぴったりだと熱烈に口説かれたヨシュアは、あまりのしつこさに根負けしてついにはオファーを受けた。ミコワイが喋れない設定なのも、承諾の要因としては大きかった。台詞《せりふ》のたくさんある役なら絶対に引き受けなかっただろう。

最初の頃は慣れない役者の仕事と環境の変化がストレスになっていたようで、しょっちゅう眉間《みけん》にしわを刻んでいた。愚痴こそこぼさなかったが、ヨシュアにとってかなりハードな毎日だったはずだ。

最近は自分を取り巻く新しい環境に慣れてきたのか、楽しそうに出かけていく。もちろんヨシュアのことだから鼻歌を歌ったりするわけではないが、ちょっとした所作や表情にヨシュアの充実感が見て取れた。

「コルヴィッチはますますヨシュアを気に入って、自分が制作する別の作品にも出演してほしいと頼んでいるそうじゃないか」

驚いて「そうなの？」と聞き返してしまった。ヨシュアは俳優になるべきだとコルヴィッチが思っているのは知っている。けれど具体的に別作品への出演をオファーしているという話は初耳だった。

「ヨシュアは君に言ってないのか？　相当熱心に口説いてるって聞いたぞ。ヨシュアもまんざらじゃないのか、今の撮影が終わったら演技のレッスンを受けることになったって、ルイーズが話していた」

ルイーズはコルヴィッチのアシスタントだ。その彼女が言ったとなると信憑性《しんぴょうせい》は高い。

「へえ、そうなんだ。俺は何も聞いてないけど、ヨシュアが俳優の仕事に前向きに取り組みたいと思ったのなら、それは素晴らしいことだよ」

にこやかに答えたロブを、ルイスは目を細めて見ている。ロブは「何？」と尋ねた。

「君は本当に見栄っ張りな男だと思ってさ。本当はショックなくせに、どうして平気なふりをするのかな」

別に見栄など張っていないと反論するべきか、それとも余裕の微笑みで肩をすくめるべきか——。三秒ほど考えてから、ロブはどちらでもない反応を選択した。

「……ねえ、ヨシュアはなぜ黙っていたんだと思う？　大事なことはいつも俺に相談してくれるのに、どうして今回に限って話してくれなかったんだろう？」

「俺にわかるわけないだろ。そんなのヨシュアが帰ってきたら自分で聞けよ」

ルイスはにべもなく答え、細い指で前髪をかき上げた。

「年下の恋人の前でいつも余裕たっぷりな男でいたいのはわかるけど、一緒に暮らしだしたら年上も年下も関係ない。ただの愛し合う男と男だ」

「実に小説家らしい言い回しだけど、そういう君はどうなんだ？　ダグの前で年上としての見栄を張ったりしないのか？」

「そりゃ張ることもあるさ。でもダグはああ見えて俺に関してはすごく察しがいいから、つまらない見栄は見抜かれる。最近は彼の前で取り繕うのは無駄だって感じるよ。……君はそういう敏感な相手とは恋人になれないタイプだよな」

鋭く切り込まれて驚いたが、「そんなことはないと思うけど」と嘯《うそぶ》いた。

「顔色を読まれるくらいは平気でも、隠している内面を見抜いてくる相手の前では気が抜けないはずだ。君は昔から誰に対してもオープンで屈託がないけど、実際は誰に対しても閉じている。ここの、一番深い部分がね」

ルイスは言いながら腕を伸ばし、人差し指でロブの胸をトンと突いた。

「……いや、驚いた。びっくりだよ。君は俺をそういうふうに見ていたの？」

おどけるように両手で胸を押さえながら言ったが、ルイスは目を細めたまま表情を変えない。下手な芝居で煙《けむ》に巻かれたりしないぞ、と青みがかったグレーの瞳は告げていた。想像力豊かな作家だけあって、なかなか穿《うが》った見方をする。

「大学の頃の君は、にやけた顔の裏に尖った部分を隠していた。再会したときに君は、角が取れて丸くなったと言ったけど、俺には都合の悪いものを隠すのが上手くなっただけのように見える」

「ルイス、何が言いたいのかわからない。俺にもう一度、反抗期の子供に戻れっていうのか？」

「俺が言いたいのは、つまらない見栄なんて捨ててしまえってことだよ。恋人との関係は、計算したり格好つけたりしてもろくなことはない。素直なのが一番だ」

——なぜ俺はルイスに説教されているんだろう？

納得がいかない気持ちで「君がそれを言うの？」と言ってやった。どう考えても、ルイスのほうが素直からほど遠い性格だ。

ルイスは急にばつの悪そうな表情になった。

「……昨日、意地を張りすぎてダグと喧嘩《けんか》をした。だから自戒を込めて言ってるんだよ」

要するに自己嫌悪からくる八つ当たりだったらしい。

ヨシュアは夜遅い時間に帰ってきた。夕食は撮影現場のケータリングで済ませたという。シャワーを浴びて浴室から出てきたヨシュアは、バスローブ姿でソファーに腰を下ろした。少し疲れた様子が窺《うかが》える。

「寝酒に軽く飲むかい？」

出会った頃はワイン一杯で酔っ払っていたヨシュアだが、最近は二杯くらいまでなら平気になってきた。それでも頬はすぐピンクに染まってしまう。その様子が可愛くて、ついつい酒を勧めてしまうのだ。

ソファーに並んでワインを飲みながら、今日の撮影はどうだったか尋ねた。

「待ち時間が長くて椅子に座ってばかりでした。おかげでロブの新作を読み終えました」

まだ本はできあがっていないが、ヨシュアが読みたいと言うので原稿のコピーを渡していた。感想を求めるとヨシュアの表情はわずかに険しくなった。面白くなかったようだ。

「合わなかったかな？　うん、まあしょうがないよね。読書には好みがあるものだし」

「はい、好みの問題です。すみません」

どこかほっとした気配を感じたので、咄嗟に「ハニー」と囁いて手を握った。

「もしよければ、どういうところが面白くなかったのか具体的に教えてくれないかな？　今後の参考にしたいから、君の率直な意見が聞きたい」

ヨシュアは黙っている。困惑とためらいが透けて見えた。何かを隠している。

「……もしかして、シェリーについての書き方がよくなかった？」

ヨシュアの姉、シェリー・モーハンが殺害された事件も本の中で触れていた。犯人である耳切り魔トーマスことトーマス・ケラーはすでに死刑になったが、ケラーとはロブ自身も浅からぬ因縁があり、今回の本では彼についてページを多く割いている。

ケラーについて書けば、必然的にシェリーにも触れることになる。殺された姉の事件を、自分の恋人が本に書く。デリケートな問題を孕《はら》んでいるので、ヨシュアには事前に書いてもいいか確認を取った。嫌がるようであればやめるつもりだったが、ヨシュアは姉のことを書いてくれたら嬉しいと言ってくれた。

予想していたものと違ったのかもしれないと思ったが、ヨシュアは「いいえ、姉のことは問題ではありません」ときっぱり答えた。

「ということは、他に問題があるってことか。なんだろう？　俺にはわからないから教えてほしい」

ヨシュアはグラスを口に運び、ひとくちワインを飲んだ。しばらく黙っていたが、意を決したように口を開いた。

「……犯罪が起きて一番理解すべきことは、被害者及び被害者家族の心情や立場だと私は思っています。でもあなたは違う。犯罪者に寄り添いすぎている」

「ああ、なるほど。君にはそう思えたんだね」

ヨシュアの不機嫌の理由がわかった。

理論的に話しても納得させることは難しいかもしれないと思いながら、ロブは慎重に言葉をないから厄介だ。

探した。シェリーのこととなるとヨシュアは感情的になってしまう。感情のもつれは理屈では
「確かに被害者家族の救済は必要だし、優先して手厚くケアされるべきだ。だけどそれは俺の研究分野じゃないし、今回の本の趣旨からも外れる。そもそも俺は犯罪者に寄り添っているわけじゃないよ。理解しようとしているだけだ」

「同じことではないですか?」

反論するヨシュアの瞳は冷ややかだった。出会った頃の取りつく島のないヨシュアを思い出し、そんな場合ではないのにやけに懐かしくなった。

「俺にとっては同じじゃない。何事においても理解は必要不可欠のものだ。犯罪者を断罪して切り捨ててしまうのは簡単だよ。でもそれは一種の思考停止に他ならない。化け物のように思われている犯人たちも、実際はただの人間だ。彼らがなぜ罪を犯したのか。なぜ犯行を食い止められなかったのか。いろんな角度から掘り下げて、社会全体で考え続けていくしかない」

きれい事を口にしているという自覚はあった。ヨシュアが真に言いたいのはもっと根本的なことだ。ロブは本の中で犯人たちを一度も非難していない。読み手の悪感情や処罰感情をいたずらに煽《あお》りたくないという気持ちからあえて考慮したのだが、ヨシュアにすれば裏切られた想いがあるのだろう。

自分の姉を殺した凶悪犯を、どうしてひどい人間だとなじってくれないのか。同情すべき部

分を見つけ出そうとするかのように、なぜ生い立ちや半生を詳細に調べて踏み込んでいくのか。きっと不信にも似た疑問が彼の感情を逆撫でしているのだ。

「生まれたときは誰しもが無垢《むく》な赤ん坊だ。悪意も凶暴性もない。なのに脳の仕組みや欠損、あるいは親との関係性や成育環境などの要因で、いつしか他人の命を罪悪感もなく奪える人間になってしまう。彼らを理解しないことには犯罪はなくならない。犯罪を防ぐ唯一の解決方法として、俺は――」

「もういいです。あなたが正しいことは私にもわかっています。ですが私はどういう目的であっても、ケラーのような犯罪者を理解したくない。不幸な生い立ちや虐待を受けて育った人間なんていくらでもいます。私だってそうです。それでもほとんどの人間は、皆まっとうに生きている」

「ヨシュア、誤解しないでくれ。俺は彼らに同情しているわけじゃない。解明のためには、どうしても理解が必要なんだよ。彼らに寄り添うための理解じゃない」

「ですが、憎んでもいませんよね」

「君は俺に憎悪を強要したいの？　悪いけどそれは無理だ。たとえ君の頼みでも断る」

ヨシュアの棘《とげ》のある声につられて、つい言葉尻がきつくなった。

「……自分の部屋で寝ます」

ヨシュアは唐突に立ち上がるとリビングルームを出ていった。階段を上っていく足音を聞きながら、ロブはソファーの背もたれに後頭部を乗せ、深い溜《た》め息《いき》をついた。

もう少しで日付が変わるという頃、一階の寝室のベッドでロブが本を読んでいると、ドアが静かに開いた。戸口にはパジャマ姿のヨシュアが立っている。

こういうとき、いつもなら毛布を持ち上げて「おいで」と微笑むのだが、今夜はあえて無視した。本の内容で言い合いになったからではない。コルヴィッチのオファーや演技レッスンを内緒にされたことが引っかかっていたから、少し意地悪したくなったのだ。

我ながら大人げないと思うが、見栄を張るなとルイスに助言されたことだし、たまには優しくない男になってもいいだろうという気分だった。

ヨシュアはベッドの脇に立ったままロブを見ている。何も言ってくれないので困惑しているようだ。

「……ロブ」

不安そうな声。本から顔を上げずに、「何？」と聞き返した。

「私もここで寝ていいですか？」

「もちろんだよ。このベッドはふたりのベッドなんだから」

口調はソフトに、でもまだヨシュアを見てやらない。いつもと違うロブの態度にヨシュアは戸惑っているのか、おずおずと毛布を持ち上げ、ぎこちない動きで隣に横たわった。

「ロブ」

「ん？」

「その本は、今どうしても読まなければいけないのですか？」

そこでようやく視線を動かして隣を見た。ヨシュアは親に叱られた子供みたいな表情でロブを見ていた。そんな顔を見てしまえば、もう意地悪なんてできなくなる。ロブは本を閉じてサイドテーブルに置いた。

「これでいい？」

ヨシュアのほうに寝返りを打って微笑むと、待ち構えていたように腕が伸びてきた。こんなふうにヨシュアに抱きつかれるのはとても好きだ。胸の奥から喜びが湧いてくる。

「すみません。あなたの本は素晴らしい内容だったのに、貶《けな》すようなことを言ってしまった。反省しています」

「本の感想なんてものは人それぞれだ。君が不快に感じたとしても、それは正直な感想なんだからしょうがない」

ヨシュアの背中を撫でながら、柔らかな金髪にキスをする。

「私が言ったことは感想ではなく、ただの八つ当たりでした。ケラーへの怒りをあなたにぶつけたに過ぎない。許してください」

今日はよく八つ当たりされる日だと思いながら、「もういいよ」と耳元で囁いた。

「お姉さんの事件で君は深く傷ついた。その傷はまだ癒《い》えていない。だからどうしたってナーヴァスになる。そんなに自分を責めないで。俺はなんとも思ってないから」

「でも怒っていましたよね？」

「怒ってないよ。怒ったふりをしてただけ。君に対してちょっとだけ不満があったから」

ヨシュアは驚いたように身体を離し、真剣な表情でロブの目を見つめた。

「どういう不満か教えてください」

「今日、ルイスが取材の帰りにうちに寄ってくれたんだ。コルヴィッチが君に新作出演をしつこく迫り、君は演技のレッスンを受けることになったと聞いた。俺に内緒にしなきゃいけない理由でもあったのかな？」

詰問口調にならないよう、できるだけ穏やかな声で尋ねた。ヨシュアは視線をそらし、「なんとなく言いづらくて」と呟いた。

「どうして？　俺は別に反対なんてしないよ？　……あ。もしかして前に俺がスタッフに嫉妬したせい？」

ロケで訪れたグアマルカ滞在中、ロブはつまらない嫉妬をした。あのとき、ヨシュアはロブが嫌な気持ちになるのなら、女性スタッフとは口を利かないと本気で言い出した。

「俳優の仕事を続けると言ったら俺がまた嫉妬すると思って、それで内緒に――」

「違います。そうではありません」

きっぱり否定したのに、そのあとの言葉が続かない。ヨシュアが何を隠しているのか猛烈に気になり、ロブは彼の手を握って話しかけた。

「どうしても言いたくないならもういいよ。無理やり聞き出したいわけじゃない」

そういう言い方をすれば、ヨシュアの性格上、黙っていられないことはわかっていた。この小狡《こずる》いところが、ルイスに説教されてしまう所以《ゆえん》なのだろう。

「いえ、言いたくないわけではないんです。ただ、どう話せばいいのかわからなくて」

その言葉に嘘は感じられなかった。何事もはっきり言うヨシュアが珍しいこともある。

「だったら俺が質問するよ。もし俺に話したら君はどうなると思った？」

「……喜ぶと思いました。ロブは私が俳優の仕事に挑戦することは、いい経験になると考えているし」

「うん。そうだね。君の世界が広がるのは、とてもいいことだと俺は思ってる」

「それが嫌でした。ロブが喜べば、私はコルヴィッチの作品にまた出演してしまうかもしれない。あなたを失望させたくないからです」

数秒考えてみたが、どうしても意味がわからない。

「演技のレッスンを受けると決めたのは君自身だよね。それって本格的に俳優の仕事に挑戦してみたいと思ったからだろう？」

ヨシュアは「そういうわけでは……」と答えて目を伏せた。

「コルヴィッチがしつこく誘ってくるので、仕方なく応じたんです」

ロブが黙っていると、ヨシュアはむきになったように言い募った。

「本当です。第一、本格的な俳優の仕事は私には無理です。絶対に向いていない。コルヴィッチに褒められて嬉しくなったのは事実ですが、そういう自分が嫌いです。俳優なんて軽い気持ちでやるものじゃないのに」

いささか興奮気味で顔を赤くして自分を罵倒《ばとう》するヨシュアは、いつになく人間臭かった。こういう様子はすごく珍しい。

「レッスンは受けると約束してしまいましたが、新作に出ることはありません。そういうわけでロブには内緒にしていました。ぬか喜びさせたくなかったんです」

話はこれで終わりだというように、ヨシュアは頭を持ち上げてロブにキスをした。

お休みのキスだと思ったら、唇は何度も重なってくる。啄《ついば》むような甘い刺激が心地よくてされるがままでいると、ヨシュアは焦《じ》れたようにロブの上に覆い被《かぶ》さってきた。

ヨシュアは時折、なんの前触れもなく性急に求めてくる。ヨシュアを誰よりも理解しているつもりだが、何が彼の欲情のスイッチを押したのかわからないことがたまにあり、それがロブにはたまらなく刺激的だ。びっくり箱みたいで素敵な子だと思う。何より切羽詰まったような必死さが伝わってきて、それが無性に愛おしい。

「どうしたの？　やけに積極的だね」

からかい口調で言うと、「当然です」という言葉が返ってきた。

「明日からベガスで、しばらく会えないんですよ」

あ、と言いそうになった。すっかり忘れていた。ヨシュアは映画のロケで、明日の午後からラスベガスに行くのだ。一週間ほどの滞在だと聞いている。

「忘れていたんですか？　ひどい」

怒ったような顔がにやけるほど可愛くて、「ごめんよ」と謝ってチュッとキスをした。

「お詫《わ》びに俺を好きにしていいよ。さあ、ダーリン、存分に味わってくれ」

「では遠慮なく」

冗談で言ったのに服をすべて脱がされた。ヨシュアは再び覆い被さってきて、情熱的な口づけを開始した。

そうなるとロブも大人しくはしていられない。パジャマのズボンの中に手を入れて、自分の唇を夢中になって味わっている恋人の、すべらかな尻を撫で回す。

張りのある筋肉に指を食い込ませると、ヨシュアはビクッと身体を震わせた。硬くなった互いの中心が強く触れ合い、否応《いやおう》なしに興奮が高まってくる。

「ヨシュア、腰を上げて」

耳元で囁くとヨシュアは素直に腰を浮かせた。下着ごとパジャマのズボンを脱がせる。膝で

丸まったそれを、ヨシュアは足で蹴《け》ってベッドの下に落とし、ロブの腰に跨《また》がりながらTシャツを勢いよく脱ぎ捨てた。

鍛え抜かれた美しい肉体があらわになる。

乱れた髪。上気した頬。潤んだ瞳。

全身でロブを欲しているのがわかる。高ぶったヨシュアを見上げながら、ロブは甘い溜め息をつくような気持ちで思った。俺の恋人は最高に可愛くて、死ぬほどセクシーだ。

「……ベガスに行きたくない。あなたと離れるのは嫌です」

切なげな瞳でロブを見下ろしながら、ヨシュアは熱のこもった声で囁いた。

「俺だって君と離れるのはすごく寂しいよ。毎晩、電話してほしいな」

「もちろんします。約束します」

再びヨシュアの唇が落ちてくる。ヨシュアはロブの上に乗ったままで行為を開始した。首筋、胸、腹、下腹部。どんどん下がっていく唇は、やがてロブの高ぶりへとたどり着いた。

熱く柔らかな粘膜に包み込まれ、何度も溜め息が出た。ヨシュアは口に含んだロブのものを熱心に愛撫《あいぶ》し続ける。

「ハニー、もういいよ」

必死で口を動かす姿は可愛いし積極的な行為も嬉しいはずなのに、フィニッシュまで身を任せることはできなかった。

「もっとしたい。最後までさせてください」

頰に手を添えて顔を上げさせると、ヨシュアは不安そうな表情を浮かべた。

「いいんだ」

「上手にできていませんでしたか？」

「いや、上手だった。すごく気持ちよかったよ。嬉しいから俺もしたくなった。君を愛させてくれ」

嘘ではない。その言葉も事実だ。けれど答えのすべてでないことには、自分でも気づいていた。ロブは自己分析が得意だから、自覚したくないことも拾い上げてしまう。

ヨシュアに最後までさせなかったのは、わかりやすく言えばイニシアティブの誇示だった。諍《いさか》いのあとだからこそ、それと気づかれないやり方で示しをつけようとした。

利己的な計算を無意識のうちにしてしまう自分のずるさに嫌気が差したが、今は自己嫌悪に浸っている場合ではない。愛し合う時間より大事なものはないのだから。

身体を入れ替え、ヨシュアを自分の下に巻き込んだ。ヨシュアの若い肉体はロブの巧みな愛撫を受け、呆気《あっけ》なくとろけていく。硬質な雰囲気を持つヨシュアが甘い声を上げ、時に赤裸々な興奮を口にすると、ロブの劣情は面白いほど刺激される。

「ねえ、ここに欲しい？」

赤くなった耳朶を甘嚙みしながら、屹立《きつりつ》の先端で奥まった部分をノックする。目を潤ませたヨシュアが小刻みに頷いた。

「欲しいです。あなたを感じたい。ロブ、焦らさないでください。早く……」

溺れる人間が助けを求めるように、ヨシュアはロブの腰を自分のほうに引き寄せて挿入を欲した。そんな姿を見て、安堵《あんど》にも似た感覚を覚えた。

ここにいるのは俺だけのヨシュアだ。俺だけを見て、俺だけを求めている。

歓喜に包まれながらヨシュアの中に自身を埋め込んだ。熱くてきつい極上の場所。自分だけが入ることを許された聖域。

「ああ、ヨシュア、最高だ……。君の中はたまらなくいい。いつだって俺を優しく包み込んでくれる。何度味わっても、この瞬間は目眩《めまい》がするほど幸せだ」

抱き締めて囁くと、ヨシュアは「嬉しいです」と呟いた。

「ロブを幸せにできる自分が誇らしい」

そんな言葉に泣きそうになった。嬉しいはずなのにどうしてかわからないが、ヨシュアの純粋な気持ちに胸が苦しくなった。

ヨシュアの真摯な愛情。そこには嘘もなく駆け引きもない。

それに引き替え、自分はどうだろう？

嫌だ。ヨシュアと繋《つな》がりながら別のことを考えたくはない。

ロブは押し寄せてくる雑念を押しのけ、恋人の魅惑的な若い肉体を夢中で味わった。

「正直に言うと、自分でもよくわからないんです」

　情事の余韻を楽しむように後ろからヨシュアを抱き締め、きれいなうなじにキスしていると、眠たげな声が聞こえた。

「何がわからないの？」

　ロブの吐息がくすぐったかったのか、ヨシュアは軽く身を捩《よじ》った。

「撮影現場で感じている充実感の正体です。演技そのものが好きなのか、大勢で物づくりをしている現場の雰囲気や一体感が好きなのか。でもこれだけはわかります。芸能界は私には向かない世界です。ロブもそう思うでしょう？」

　振り向いて同意を求めてくるヨシュアに、ロブは「そうだね」と返して、白い頰に指を滑らせた。

「業界で働く友人が何人かいるけど、ああいう世界でやっていくには誰かを蹴落としてでも這《は》い上がろうとする、強固な意志と貪欲《どんよく》さが必要だ。生き馬の目を抜くショウビズの世界は、確かに君には向いてないと思う」

　芸能界は派手できらびやかな部分ばかりがクローズアップされがちだが、人間のどろどろした部分が渦巻く特殊な世界だ。俗っぽくないヨシュアがあんな世界にずっと身を置けば、傷つき疲弊していくのは目に見えている。

「やっぱり私にはボディーガードの仕事が一番合っています」

ロブのお墨付きをもらって、どこか安心したような口ぶりだった。

ヨシュアはすぐ寝息を立て始めたが、ロブは目が冴《さ》えていっこうに眠れなかった。いつもは世界で一番愛おしい寝顔を見ていると幸せしか感じないのに、今は複雑な気分を味わっていた。

俳優に向いていないと本人は言うが、本当にそうだろうか？

今のヨシュアに台詞つきの演技は難しいとしても、レッスンを受ければ上達する可能性はおおいにある。若い頃は大根でもキャリアを重ねて成功した俳優は珍しくないし、何よりコルヴィッチがあれだけ熱心に口説くのだから、ヨシュアには優れた容姿以外にも役者に向いた素質があるのではないだろうか。

嫌なことは嫌だとはっきり言えるヨシュアが演技レッスンを断れなかったのは、役者の仕事に魅力を感じ始めているからだ。それなのに選択決定をロブに委ねたがっている。挑戦したい気持ちと変化を望まない意固地さがぶつかり合い、本人も混乱していることが窺える。

ヨシュアはあの澄んだ美しいエメラルドグリーンの瞳で、ロブをひたむきに見つめながらいつも言ってくれる。ロブがそばにいてくれるだけで楽しいと。穏やかにふたりで暮らせるのが一番の喜びだと。

そうだ。ヨシュアは今のままがいいんだ。

『天使の撃鉄』の撮影が終われば、またボディーガードに戻って以前のような暮らしを送るべきだ。そのほうが絶対にヨシュアも幸せなはず——。

そこまで考えて嫌になった。ヨシュアの幸せを考えているふりで、実際は自分の幸せを考えている。自分だけのヨシュアでいてほしいというエゴが先走っている。

「小さい男だな」

ぼそっと独り言が落ちた。

生きる世界を自分で狭めているようなヨシュアが、新しいことに挑戦するのは嬉しいし、彼の成長も素晴らしいことだと思っているのに、ヨシュアが自分を必要としなくなったら、という不安は日増しに大きくなっていく。

ヨシュアの背中を押せば彼の世界は広がり、たくさんのものを得るだろう。同時にひどく苦しみ傷つくのもわかっている。

そんな想いはさせたくない。あの子を守ってあげたい。

そういう気持ちは愛ゆえだと自分では信じているが、もしかしたら歪《ゆが》んだ独占欲の裏返しなのかもしれない。

考えるほど、自分で自分の気持ちがわからなくなってきた。

ヨシュアを強く抱き締めたいと思ったが、寝ついた恋人を起こしてしまうわけにもいかず、ロブはやるせない気分で目を閉じた。

ヨシュアがラスベガスに出発した四日後の夜、ユウトとディック、それにネトがロブの家にやってきた。

ネトがLAに戻ってきていたので、ヨシュアのいない寂しさを紛らわしたい気持ちもあり、手料理を振る舞うから遊びに来ないかと三人を誘ったのだ。

「とうとうユウトのママに会いに行くんだってな。緊張してないか？」

フロリダ帰りで日焼けしたネトは、テキーラを飲みながらディックに尋ねた。目が冷やかすように笑っている。

「くだらないことを聞くな。緊張なんかしてるに決まってるだろう。着ていく服がいっこうに決まらない」

むっつり答えるディックに笑ってしまった。ユウトが家族の住むアリゾナのツーソンに行くと決めたのは、一昨日のことだ。きっかけをつくったのはロブだった。

ユウトはステップマザーと妹に恋人のディックを紹介したがっていたが、パコに先を越されたこともあり、完全にタイミングを見失っていた。行動力のあるユウトが珍しくぐずぐずしている姿はあまりに彼らしくなく、ひそかに同情さえ覚えていたロブは、お節介を承知でアリゾナ行きを提案してみたのだ。

ユウトもこの機会を逃してはいけないとわかったのだろう。まるでそう言われるのを待っていたかのように、ツーソンに行くことを即決した。もちろんユウト至上主義のディックは同意した。長くユウトを思い悩ませていたアリゾナ行きは、かくして一瞬のうちに決まってしまった。

長く悩みすぎると気持ちに消極性の根が蔓延《はびこ》り、時間が経《た》つほど一歩を踏み出せなくなることはよくある。

「やっと決意できたのはロブのおかげだよ。ロブはいつだって俺の背中を押してくれる」

ユウトに感謝されると面映《おもは》ゆい。ロブは「親友のためならお安い御用さ」とウインクした。ネトが「友達思いのプロフェソルに乾杯」とグラスを持ち上げた。

「実を言うと、今は友情より大切なことがある。新作が売れますように」

そう答えてネトと乾杯した。

「このところロブは本の売れ行きばかり心配してる」

ユウトが呆《あき》れ気味の口調で言った。

「しょうがないだろう。苦労して書いた本なんだから、元は取りたいと思うのが人間だ」

「君はいつからそんな拝金主義になったんだ?」

「ルイスと再会してからだ。本が売れたら俺もハリウッドヒルズの豪邸に住めるかも」

ロブの冗談に三人は大笑いした。

「だったらヨシュアに映画スターを目指してもらえよ」

ディックの軽口にネトも「そのほうが確かに手っ取り早いな」と乗っかった。人の気も知らないでと少々恨めしく思ったが、「言えてる」と調子を合わせておいた。

楽しい時間はあっという間に過ぎてしまい、三人は十時を過ぎた頃、酒を飲んでいないディックの運転で帰っていった。

ネトにつられてテキーラを飲みすぎたのか、ロブは珍しく深酔いした。

横になりたくてソファーに行こうとしたが、途中でテーブルに爪先を引っかけて床に転んだ。起き上がるのが面倒になりそのまま寝転がっていると、パンツのポケットの中で携帯が鳴った。ヨシュアからの電話だった。

「……やあ、スウィーティ。撮影はもう終わった?」

「はい。今ホテルの部屋にいます。もしかして酔ってますか?」

呂律《ろれつ》が怪しかったらしく見抜かれた。ロブは「うん、酔ってるんだ」と素直に認めた。

「飲みすぎてテーブルの脚に躓《つまず》いて転んだ。起き上がる気がしなくて、今はリビングの床に寝転がって君と喋ってる」

冗談だと思ったのか、ヨシュアはくすりと笑って「そんなロブの姿を、一度見てみたいです」と答えた。

ああ、ベイビー。残念だよ。今すぐ家に帰ってきてくれたら、俺の情けない姿をいくらでも見せてやれるのに。

「今日の撮影はどうだった？　順調だった？」

「はい。カジノを貸し切っての撮影でしたが、ディーラー役のキャロルは実際にディーラー経験があって――」

共演者の話。誰かの出したNGシーンの話。コルヴィッチのこだわりの話。酔っていて話の半分も理解できなかったが、ヨシュアの楽しげな声は耳に心地よく、音楽のようにいくらでも聞いていられた。

「すみません、もう眠いですよね？　また明日電話します」

ロブが喋らないものだから、ヨシュアは気づかって電話を切った。途端に静寂が襲いかかってくる。しんと静まり返った空気に押し潰《つぶ》されそうな気がした。

ヨシュアのいない家は嫌いだ。ひとりで住んでいたことが、もう遠い昔のように思える。今はヨシュアがいてこその我が家だった。

もしヨシュアが俳優になってしまえば家を空《あ》けがちになり、ロブの求めていた暮らしは望めなくなるかもしれない。ヨシュアのいない日々は想像するだけで辛《つら》い。

愛する人にいつもそばにいてほしいと望むのはエゴだろうか？

いいや、エゴではないはずだ。誰もが抱く当然の気持ちだ。しかしそれが相手の行動を制限するものであるなら、エゴイズムに他ならない。

ロブは携帯を耳に当て、「ねえ、ヨシュア」と囁いた。

「人生ってたまに難しくなるよね。愛し愛されて生きることが最高の喜びで、それ以外は些細《ささい》な問題だと思うけど、いつだってその些細な問題が人生に波風を立てるんだ。君にとって一番いいことと、俺にとって一番いいことが同じとは限らない。俺はどうしたらいいんだろう。君の人生は俺次第だ。わかっているから怖くなる。俺はいつだって自分らしくありたいと願っているけど、そもそも自分らしさってなんなんだろうね……」

酔いが思考力を奪っていく。それでも何か前向きな、それこそ自分を勇気づけるような言葉を言いたくて、ロブは朦朧《もうろう》としながら口を開いた。

「ヨシュア……。愛してる。心から君を愛してる。だからこれだけは言っておきたいんだ。君がどんな人生を歩もうが、俺はずっと君の隣にいる。何があっても絶対に――」

そうだ。何があってもふたりは一緒に生きていく。

自分の言葉に安心した途端、ロブは瞬く間に眠りの中へと落ちていった。

# Starry night in Arizona

非番だったその日、ユウト・レニックスは同居している恋人が仕事に出かけると、FMを聴きながら掃除と洗濯を開始した。キッチンが一番手間取ったが、ずっと気になっていたレンジフードの油汚れを落とせてすっきりした。

清々《すがすが》しい気分でスポーツウェアに着替え、愛犬のユウティを車に乗せた。向かった先はサンタモニカ山地の東側に広がる自然公園のグリフィス・パーク。ユウトはここが大好きで、子供の頃から何度も訪れている。渓谷もある広大な自然の中にジョギングコース、ハイキングトレイル、乗馬道、動植物園、天文台などがあり、山頂まで行けばハリウッドサインやロサンゼルスの街が一望できる。

夕方になると観光客が日没の景色と夜景を目当てに訪れるので、道路は渋滞して駐車場は混雑してしまうが、気軽に自然を満喫できるこの公園はディックも大好きだ。休日が一緒のときは、たまにふたりでトレイルランを楽しんでいる。

犬をリードに繋《つな》がなくてもいいトレイルコースを選び、二時間ほど山の空気を味わいながらユウティと散歩やジョギングを楽しんだ。自然の中を自由に走れることが嬉《うれ》しいのか、ユウティはずっとはしゃいでいた。

見晴らしのいい場所で休憩を取っていると若いカップルが現れ、楽しげに写真を撮り始めた。

どちらもユウトと同年代くらいに見える。男性がユウトに写真を撮ってくれないかと話しかけてきた。いいよ、と答えてカメラを受け取り、寄り添って並ぶふたりに向けて何度かシャッターを切った。

「ありがとう。可愛い犬ね」

女性がユウティの前でしゃがみ込んだ。きれいなお姉さんが大好きなユウティは、頭を撫《な》でられて尻尾《しっぽ》を振りまくっている。

「ねえ、ジョン。私たちも犬を飼いましょうよ」

「まずは新居探しが先だろう。犬は生活が落ち着いてからだ」

どうやらふたりは結婚、あるいは同居生活を控えているらしい。

「うちのママ、犬が大好きなのよ。もし飼ったら、しょっちゅう新居に遊びに来るかも」

「いいよ。君のママなら大歓迎さ。俺にとっても大事な人だ」

「パパも来ちゃうかもよ」

「パパも？　うーん。パパのほうは毎日だと困るな」

笑い転げる恋人たち。見知らぬ他人であろうと、誰かの幸せを目の当たりにするのは嬉しいものだ。ふたりと別れたあとも温かい気持ちが続いた。

帰り道、スーパーマーケットに寄り、牛肉の肩ロースをブロックで購入した。帰宅してシャワーを浴び、缶ビールを一本だけ飲む。至福の時間だ。ユウティにはチキンのジャーキーと大好きなミルクを与えてやった。夕食の支度をするまで一服しようと思い、缶ビールを持ってソファーに座った。

ユウトはロサンゼルス市警察のギャング・麻薬対策課に所属する刑事で、普段は激務に明け暮れており、夕食の支度は大抵ディックの担当になっている。だから自分が休みの日は、できるだけ美味《おい》しい手料理をつくろうと心がけていた。

今夜のメインディッシュは牛肉のポットローストだ。昔は料理なんて気が向いたときにしかやらなかったのに、ディックにいろいろ食べさせたくてレパートリーも増えてきた。

ディックことリチャード・エヴァーソンはいつだってユウトのつくったものを、最高にうまいと言って食べてくれる。それ自体は嬉しいが、たまにこれは味つけがおかしいと思う料理でも「そんなことはない。すごくうまいぞ」と言い張って譲らない。

舌が馬鹿なのではなくディックの優しさがそうさせるのだが、まずいときはまずいと言ってくれたほうが、料理は上達するはずだと思うので、その点は少しだけ不満だったりする。もちろん贅沢《ぜいたく》な悩みだということは、自分でもよくわかっている。

警備会社に勤務するディックは、最近はボディーガードの指導業務や事務だけでなく、経営に携わる仕事も手伝わされているらしい。ディックは整った容姿とその能力を買われ、入社当初はボディーガードとして働いていたが、警護対象者である女性たちの心を惑わせてしまい、本人のまったく望まないトラブルに幾度か巻き込まれた。

嫌気が差して一度は退職を考えたものの、社長のブライアン・ヒルはディックをすこぶる気に入っており、現場になるべく出ない勤務態勢を考えてくれたのだ。ブライアンはディックをいずれ共同経営者にしたいと考えているようで、ユウトはすごいと思っているが、本人は出世を喜ぶわけでもなく、「仕事で多忙になると家事がおろそかになる」と困惑気味に漏らしていた。

主婦みたいなことを言うのは、ユウトとの暮らしを何よりも大切に思っているからだ。愛されすぎて困ってしまう。というのは嘘《うそ》だが、特殊部隊に所属していた元軍人のディックは、CIAからもその能力を買われてスカウトされるほどの男だ。そんな彼の人生をこんなにも独占してしまっていいのだろうか、という罪悪感にも似た想いをたまに抱くことがあった。

ディックとの出会いは三年前。場所は刑務所の中。

お互いに複雑な事情を抱えた状態で、同房者として知り合った。紆余曲折《うよきよくせつ》というひと言では片づけられないような危機や困難を乗り超え、晴れて恋人になったふたりは、一昨年の九月からロサンゼルスのダウンタウン近くのアパートメントで同居生活を開始した。

あと三か月ほどで同居生活は丸二年になる。一緒に暮らし始めてからもいろんな出来事はあったが、互いの愛情は変わることなく、幸せな毎日を送っている。

ユウトは昼下がりのビールを味わいつつ、録画したロサンゼルス・レイカーズのプレーオフでの試合を再生した。今年は惜しくもファイナルに進めなかったものの、見応えのある試合ばかりだった。

試合を観ているうち、走りすぎたせいか眠気が襲ってきた。少しだけ、と思って目を閉じたらすっかり熟睡してしまい、久しぶりに父親の夢を見た。

ユウトの父親は五年前に交通事故で急死している。名前はヨシヒサ・レニックス。食品輸入業の会社を経営していて、周囲からはヨシと呼ばれていた。

沈着冷静な性格で声を荒らげることは滅多になかったが、温厚そうな外見とは裏腹に自分の主張は決して曲げない人だった。十代の頃はその頑固さに反発して、よく喧嘩《けんか》をしたものだ。けれど真面目《まじめ》で勤勉で誠実な父親を、ユウトは心から尊敬していた。だから早すぎる死が無念でならない。

夢ではどういうわけか、ヨシはユウトの家にいた。ダイニングテーブルの椅子に腰を下ろし、穏やかな表情で「うちも犬を飼うかな」と言いながらユウティの頭を撫でている。頭の片隅では変だと思いながらも、夢の中のユウトはその様子を微笑《ほほえ》ましく眺めていた。

幸せな気分だった。父親がまだ生きていて、今の住まいに遊びに来ている。ということはディックとの関係も理解されているはずだ。よかった。ああ、本当によかった。一番の心配事が解消され、嬉しくて踊りだしたい気分だ。

けれど安堵《あんど》したのも束《つか》の間《ま》、ヨシはユウトを見て溜《た》め息《いき》をついた。

「お前はいつになったら結婚するんだ？　女性の恋人をつくって早く身を固めろ。俺は孫の顔を見るまで安心して死ねない」

もう死んでるくせに何を言い出すんだと思ったが、夢の中のユウトはまた父親のいつもの説教が始まったとうんざりしていた。

「結婚なんかしない。俺にはディックがいるんだから」

「ディックはいい奴だが、子供は産めないだろう」

当たり前だ。産めたら怖い。

「親になる喜びや子供を育てる苦労を、お前も絶対に味わうべきだ。それが人としての成長にも繋がる」

結婚して家庭を持ち、妻子を守って生きていくことが男の幸せ。ヨシの昔からの持論だ。それ自体は素晴らしいことだし否定はしないが、結婚や子供を持つことは選択肢のひとつであって、人生の目的ではないはずだ。

「お前が幸せになるためだ。ディックもきっと理解してくれる」

「父さん……」

落胆とも怒りとも悲しみともつかない感情に襲われたそのとき、不意に目が覚めた。携帯電話の呼び出し音に起こされたのだ。

テーブルに置いた携帯電話が鳴っていた。出てみると友人のロブ・コナーズからだった。

「やあ、ユウト。今日は休みだって言ってたよね。今は家?」

「ああ。家にいるよ」

昨夜もロブは電話をかけてきた。一緒に住んでいる恋人のヨシュア・ブラッドが映画のロケに行ってしまったらしく、その愚痴というか惚気《のろけ》というか、とにかくヨシュアがいなくて寂しいという話を長々と聞かされた。

「今ダウンタウンにいるんだけど、君んちに寄ってもいい？」

構わないと答えると、ロブは少ししたら行くと言って電話を切った。ユウトは溜め息をついて立ち上がった。

夢見が悪いったらない。死んだ父親に説教されるなんて最悪だ。

ロブが来る前に仕込みをしておこうと思いキッチンに立った。室温に戻しておいた肩ロースのかたまり肉に塩こしょうを振り、オリーブオイルを入れた鍋で焼き目をつける。こんがり焼けた肉をいったん取り出し、にんにく、タマネギ、ニンジン、ブラウンマッシュルームなどを入れて炒《いた》め、そこに肉を戻して赤ワインを入れ、あとは弱火で一時間ほど煮込むだけだ。

マッシュポテトをつくっていたら、ロブがやってきた。来客好きのユウティが喜んで飛びつくと、ロブは玄関先で目尻を下げ、「やあ、ユウティ。今日も最高に可愛いね」とディックの愛犬を撫で回した。

「珍しくスーツ姿じゃないか。大学の帰り？」

「いや、サイン会の打ち合わせがあってね」

「ああ、前に言ってたあれか。発売が楽しみだな」

犯罪学者のロブは大学で教鞭《きょうべん》を執りつつ、本を執筆したり講演会を行ったりする忙しい男だ。近々出版される本は学術系の専門書ではなく、犯罪に関する雑学的内容のもので、出版社からサイン会の打診を受けたと聞いている。

「ロブのファンは多いから、本が出たらきっとロサンゼルス・タイムズのベストセラーリストに載るぞ」

ロブは「まさか」と首を振って笑った。

「その栄光は我らが売れっ子作家さま、エドワード・ボスコのものだな」

ベストセラーをいくつも持つ作家、エドワード・ボスコの本名はルイス・リデル。ルイスはロブの大学時代の知り合いで、今ではユウトにとっても大事な友人のひとりだ。ロブの本が出るのと同じ頃に、ルイスの新作も発売されるらしい。

「しかし希望はある。なんとルイスが俺の本に推薦コメントを寄せてくれることになったんだ」

「へー。すごいじゃないか。友達のよしみってやつだな」

軽い冗談だったのに、ロブは心外そうに「違うよ」と顔をしかめた。

「面白い本だからルイスは推薦してくれるんだ。彼はつき合いでつまらない本を褒めるような性格のいい男じゃない」

褒めているのか貶《けな》しているのかわからないが、ロブの言うとおりルイスは心にもないお世辞を言うタイプではない。ロブの本をちゃんと読んだうえで、面白いと思ったから推薦コメントを引き受けたのだろう。

「お、いい匂《にお》いがするぞ」

ロブはＬＤＫに入るなり鼻をスンスンさせた。

「ポットローストをつくってるんだ」

「いいね。俺の大好物だ」

「だったら食べていけよ。どうせ帰ってもひとりなんだろう？」

ロブはユウトを振り返り、「本当に？　いいの？」と嬉しそうに目を見開いた。

「構わないよ。多めにつくってるし。ただし味の保証はしかねる」

「いいや、このポットローストは絶対にうまい。匂いでわかる。いやぁ、嬉しいな。自分だけだと食事をつくる気分になれなくて、ハンバーガーでも食べて帰ろうかと思ってたところだ」

ロブはダイニングテーブルの椅子に腰かけ、「ひとりの食事なんて味気ないよね」と切なげに溜め息をついた。

「ヨシュアはラスベガスに行ったんだっけ？」

「ああ。俺の可愛い天使は今、砂漠の不夜城にいる。あの子が家にいないと寂しくてしょうがないよ。身も心も干からびてしまいそうだ」

てこない。

悄然《しょうぜん》とした様子だが、ヨシュアがLAを発ったのは一昨日だから、同情心はまったく湧いてこない。

「まだ二日目だろう」

「一晩ヨシュアがいないだけで、俺の心にはぽっかりと大きな穴が空《あ》いたみたいだよ。こんなに寂しいなら仕事なんて放り出して、俺もロケに同行すればよかった」

また溜め息。寂しいのは事実だろうが、ロブはなんでも大袈裟《おおげさ》に話す男だから、本音と冗談の境目がよくわからない。

ロブの恋人であるヨシュア・ブラッドは、ルイスの人気シリーズ小説を映画化した『天使の撃鉄』に俳優として参加している。ヨシュアはディックの同僚で本業はボディーガードなのだが、監督のジャン・コルヴィッチに見出されて、重要な役どころで俳優に初挑戦することになったのだ。

「君ってそんなに恋人にべったりするタイプだったっけ？」

グラスに注いだアイスティーをロブの前に置きながら尋ねた。ロブはきょとんとした顔つきになった。

「俺はいつだっていちゃつきたいほうだけど？」

「いや、いちゃつくのが好きなのは知ってるけどさ。一緒にいるときはどれだけべたべたしていても、離れているときは割り切って、それぞれひとりの時間を大切にすべきって考えだと思ってた」

ロブはアイスティーをひとくち飲んでから、「痛いところを突くな」と肩をすくめた。

「君の言うとおりだ。始終一緒にいたいとか相手を束縛したいとか、そういうのは精神的に自立できていない人間のやることで、俺は違うと思ってた。もちろん恋愛の初期段階にはありがちなことだけど、ある程度、関係性が落ち着いてきても恋人中心で、ひとりの時間を楽しく過ごせない人間は、総じてふたりの時間も楽しく過ごせない。……という考えに今も変わりはない。ないんだけど、ヨシュアが遠く離れた場所にいるのは耐えがたい苦痛なんだ。その傾向は最近のほうが強い。恋するティーンエージャーじゃあるまいし、本当に困ったものだよ」

ロブが自分の感情に対して弱音を吐くのは珍しい。大抵のことは笑い話にしてしまう男が、どうしてしまったのだろうか。

「別に悩むことはないだろう。それだけヨシュアが好きってことなんだから」

「好きなのは当然として、ネガティブな感情に振り回されるのは、俺自身の心に問題があるからだ。まあ俺は自分のことをよくわかっているから、問題点も把握はしているんだけどね。しかし把握していても改善されるわけではないところが、人の心の複雑さっていうか。こういう喩《たと》えは正しくないかもしれないけど、家の中が散らかって憂鬱《ゆううつ》な人間は、片づければ気が晴れるとわかっているのに、面倒だったり現実と向き合うのが嫌だったりで、結局片づけられない。だからいつまで経っても憂鬱なままだ。俺も今、それに似た状態でね。まったくもって俺ともあろう人間が情けない」

キッチンのコンロでジャガイモが茹《ゆ》で上がっていた。ユウトは立ち上がって火を止めた。

「つくりながら話していい？」

「もちろん。俺も手伝うよ」

「いいよ。客なんだから座ってろよ」

ロブは背広を脱いで「料理しているほうが喋《しゃべ》りやすいんだ」と言い返し、ユウトの隣にやってきた。

「マッシュポテトをつくるんだ」

「よし。だったら俺がプレスしよう」

ふたりでキッチンに立ちながら、さっきの会話に戻った。

「珍しいじゃないか。自分大好き人間の君が、そんなふうに自己嫌悪をあらわにするなんて」

「自己嫌悪なんてしょっちゅうだよ。落ち込んでる姿を他人に見せるのは俺のポリシーに反するから、普段は隠しているだけで」

ロブは不思議な男だ。二枚目なのに性格は三枚目。だけどにっこり笑いながら持ち前の観察眼と推察力で、物事を鋭く分析している。今では自他共に認める親友同士だし、年上で頭もいいロブのことは尊敬しているが、ふと思うことがあるのだ。自分は本当にロブ・コナーズという男を知っているのだろうか、と。

ロブはよく喋るしあけすけな性格だが、自分を演出する術《すべ》に長《た》けている。嘘をつかれていると思ったことはないが、彼の心の奥底は今ひとつ摑《つか》みづらい。だからこんなふうに本音を打ち明けてもらえるのはすごく嬉しい。

「ついでに言えば、俺の自己肯定感に満ちた言動は、自分嫌いを克服するために身につけたスキルだ。思春期の頃は自分が嫌でしょうがなかったからさ。その甲斐《かい》あって、今は君の言うように自分大好き人間だよ。ああ、ロブ・コナーズに生まれてきてよかった。――と心から思ってる」

いつも自信に満ちあふれてユーモアたっぷりのロブにも、自身に対する複雑な感情はあるのだ。人間なんだから当たり前のことかもしれないが、そういう様子をロブは他人に見せようとしない。見せたとしても冗談交じりに自虐的なことを言って、みんなを笑わせるネタにしてしまうので気づけなかった。

「自己嫌悪のもとは何？　ヨシュアを束縛したい気持ち？」

「束縛はしないし、したくもない。ベッドの中では別だけど」

ロブは言いながら、皮を剝《む》いたジャガイモをポテトマッシャーに入れて押し潰《つぶ》した。最後のひと言は余計だ。

「じゃあ嫉妬《しっと》だ。撮影で俳優やスタッフたちと仲良くするのが妬《や》ける」

「まあそれは少々あるよね。でも嫉妬はたいした問題じゃない。しなくなるほうが問題だ」

何を言っても否定する。ユウトは「わからないなぁ」と眉根《まゆね》を寄せた。

「だったら何が問題なんだ？　ロブが自己嫌悪したくなるような悩みって何？」

「言いたくないな。君に軽蔑《けいべつ》されるのは辛《つら》いし」

「しないよ。友達じゃないか。……ヘイ、プロフェッサー。何ビビってんだ。いいところも悪いところも、ダチの俺に全部さらけ出せよ」

身体を揺らしてラッパーのようにリズムに乗って言ってやると、ロブは噴き出した。

「ひどいな、そのリズム感はなんだ？　俺も音痴だけどユウトもかなりだね」

「今のは歌じゃない。俺は君ほど音痴じゃないぞ」

ふたりして互いを貶して笑い合った。ロブは手を止め、「本当に情けない話なんだけどね」と困り顔で告白した。

「ヨシュアはこのところ、すごく成長しただろ？　特に映画の撮影に参加してから、何事にも意欲的に取り組むようになった」

「そうだな。すごく頑張ってると思う」

「ヨシュアが自分の殻から飛び出して、いろんなことに挑戦して彼の世界が広がるのは嬉しいんだ。ほんと、すごく嬉しい。その気持ちに嘘はない。だけど同時に寂しいっていうか、もやもやするっていうか、上手《うま》く言えないんだけど、まあ要するに多分あれだ。ヨシュアが俺を必要としなくなったり、俺以上に大事なものを持ったりするのが辛いっていうか。口ではもっと視野を広めるべきだとか言いながら、本音では俺だけ見ていてほしいなんて願ってる。そういう愚かしい自分が情けなくて嫌になるんだ」

珍しく歯切れが悪い。ユウトは思わず「なんだ」と言ってしまった。

「そんなことだったのか。結局、独占欲と嫉妬じゃないか」

「え？　いや、そんな単純なものじゃなくて――」

「単純だよ。ロブは頭がいいから難しく考えすぎるんだ。嫉妬してみっともない自分に嫌悪を感じてる。それだけのことだよ。どうせあれだろ？　ヨシュアの前でそういう自分を見せたくないから、余裕のあるふりとかして、それでまた自己嫌悪に陥ったりしてさ。ヨシュアにみっともない姿をどんどんさらけ出しちゃえばいいんだよ。そしたらすっきりする」

ロブはすかさず「嫌だよ」と首を振った。

「あの子は俺を尊敬しているんだ。みっともない姿なんて見せたくない」

「結婚式のとき、ヨシュアは君のママに言ってたぞ。完璧《かんぺき》な君より欠点のある君のほうが愛せる気がするって」

「ヨシュアのピュアな気持ちは嬉しいけど、そういうのを真に受けて嫌な部分をどんどん見せたら、愛なんてあっという間に冷めちゃうよ」

「ヨシュアの愛情はそんな浅くないだろ。もっと彼の気持ちを信じてやれよ」

以前も似たような会話を交わしたが、ロブは人を信じる強さを持っているくせに、恋愛感情そのものはあまり信用していない。恋心なんて日々変化していく曖昧《あいまい》なものだが、ヨシュアの一途《いちず》さを知っているだけに、ロブの言動には少し腹が立ってしまう。

「ヨシュアのことは信じているし、愛の力だって信じてる。愛は時に世界を変えるほどすごいパワーを持っているし、偉大な奇跡を生むこともある。だけど同時に愛ほど不確かで移ろいやすいものはないんだ。生涯を誓い合って結婚した夫婦の、二組に一組が離婚する時代だよ。どんな理想を掲げていたって、愛ってやつは生活の中で消耗してすり減り消えていく。とかく愛情が絡んだ人間関係はデリケートなんだから、長く続けるためには努力しながら用心深く取り扱っていかないと」

ロブは理想主義者であり現実主義者でもある。ロマンチックな関係を欲するのと同じ心で、何事もシビアに計算してしまう性格なのだ。

「君は面倒臭い男だな。もっと本能のままに生きればいいのに」

「確かに俺は面倒臭い男だけど、いいんだ。今の自分で十分幸せだから。相談に乗ってもらってなんだけど、俺なら大丈夫。自己嫌悪に浸りながら、そういう感情に振り回される自分も人間臭くて悪くないと思ってる。こうやって相手のことを思って悩んだり苦しんだりできるのは、恋愛の醍醐味《だいごみ》だよね。すごく今を生きてるって感じがするよ」

ジャガイモを潰しながらしみじみした口調で言う。そんなロブを横目で見て、ユウトはこっそり溜め息をついた。心配して損した。下手くそなラップまで披露してやったのに。

「ヨシュアはまだ当分忙しくて家を空けることも多そうだ。寂しさを紛らわすために本気でペットを飼うべきだと思うんだけど、その場合、やっぱり犬がいいよね？」

「飼うなら可愛いメスの犬にしろ」

即答した。ユウティにもガールフレンドが必要だ。

「今日はみんなが犬を飼いたがる日だな」

ユウトの独り言に、ロブが「なんだい、それ？」と興味を示した。

結婚間近のカップルに会ったことや、夢の中で父親に説教されたことを打ち明けると、「きっと無意識のうちに結婚と自分の家族が結びついて、そんな夢を見たんだよ」と笑われた。

「あとはあれだな。ディックをレティに紹介できていない罪悪感が、父親の説教という形になって現れたのかも」

ロブの推測は一理ある。ディックを連れて義母のレティシアと妹のルピータが住むアリゾナ州ツーソンに行くことは、ユウトが抱えている目下の課題だ。

当初はゲイではなかった自分が男の恋人を紹介したら、レティを悲しませてしまうかもしれないと思い、ずっと言わないでおこうと考えていた。だが去年、ロブとヨシュアの結婚式に参加して気持ちが変化した。生涯を共にしたいと思っている相手を、自分の家族に紹介する。それはごく自然なことだという想いが芽生えたのだ。

ところが思わぬ展開が待っていた。兄のパコに先を越されてしまった。

美しいトランスジェンダーに恋をしたパコは、つき合うまではもたもたしていたくせに、晴れて恋人同士になった途端、持ち前の行動力を発揮し、トーニャをツーソンに連れていきレティに紹介した。

聞かされたのは先月のことで、その際、レティが「孫ならユウトが見せてくれるわね」と言っていたと知り、カミングアウトに尻込みする気持ちが湧いてきた。さっきロブが言った、散らかっているのが憂鬱なのに、どうしても掃除ができないでいる状態とそっくりだ。

「死んだ親父に説教されるのは最悪な気分だ。君んちの両親は理解があって羨《うらや》ましいよ」

「うちだって最初から理解があったわけじゃないよ。若い頃は散々、親とは衝突してきた。わかり合えなくて、憎しみすら抱いたこともある」

過去を語るロブの表情は穏やかだった。そうだった。十代の頃のロブは荒れまくっていて、一時は家庭が崩壊しそうになっていたのだ。なんの努力もしていないのに愚痴をこぼしている自分が、ひどく恥ずかしくなった。

「親父には罵《ののし》られたり、時には殴られたりもして、一時は大嫌いだったけど、俺と違ってきっと彼は俺を憎んだことはないはずだ。そこが親と子の違いだね。……まあ実際は確認してないから、俺の勝手な想像なんだけど」

肩をすくめるロブに、「君の想像は間違ってないと思うよ」と言ってやった。

「お帰り、ディック。夕食の準備はばっちりできてるよ」

帰宅したディックはキッチンに立つロブを見て、「うちに出張シェフがいる。わざわざ俺の夕食をつくりに来てくれたのか?」と尋ねた。もちろん冗談だ。

「俺は手伝っただけで全部ユウトの手料理だよ。それにしても、君って男はいつ見てもハンサムだな。ちょっと腹が立つからこの缶ビール、振って渡してやる」

手に持った缶ビールをシェイクするふりをするロブに、ディックは「大人げない先生だ」と苦笑を浮かべた。

「ただいま、ユウト。今日は何をしてた?」

ディックがユウトのそばに来て頬にキスをする。ユウトはスーツ姿のディックを見つめながら、ロブの言うことは正しいと思った。俺の恋人はいつだってハンサムで格好いい。艶《つや》やかな金髪に澄んだ青い瞳。たくましい身体。毎日見ているのに、いまだに見とれてしまうほどだ。

「ユウティとグリフィス・パークに行って走ってきた」

「いいな。俺も行きたかったよ。ユウティ、よかったな」

ディックは尻尾を振っているユウティを撫でてから、自分の部屋で部屋着に着替えて戻ってきた。テーブルにつき、あらためてロブに「今日はどうしたんだ?」と尋ねた。

「サイン会の打ち合わせがあって、近くまで来たから寄ったんだ。そしたらユウトが食事に誘ってくれてさ。優しい友人を持った俺は幸せだよ。でも幸せで腹は満たされないから早く食べよう。お腹がぺこぺこだ」

三人で食事を開始してすぐに、ディックが「このポットローストは最高にうまいな」と料理を褒めた。今日の出来にはユウトも満足しているので、「だろう？」と返した。

「あれも欲しくなる」

「わかった。すぐ焼くよ。ロブもガーリックトーストどう？」

「ありがとう。俺はいいよ」

ディックが好きなメーカーのガーリックトーストは、いつも冷凍庫に入っている。オーブンで焼いて出すと、ロブが「さすがだね」と笑った。

「あれって言われて、何かすぐわかるんだ」

「そりゃあね。一緒に暮らしだして、もうじき二年になるんだし」

「そうだよ。もう二年になるんだから、思い切って来週、アリゾナに行ってくれば？」

ロブの突然の提案に、ユウトは「えっ」と瞠目《どうもく》した。

「来週は珍しくふたり揃《そろ》って土日が休みだって、昨日言ってたよね？　いいチャンスじゃないか。ディックはどうなんだい？　ユウトの家族に会いたい？」

「もちろん会いたい。でも急ぐ必要はないと思ってる。無理に機会をつくらなくても、こういうことはそのうち相応《ふさわ》しい時が巡ってくる」

優しい言葉はディックなりの気づかいだ。申し訳ないと思った瞬間、ぐずぐずしている自分に腹が立ってきた。

時間は無限じゃないし、人生には何が起きるかわからない。もし明日、レティの身に何か起きたら？　もし自分かディックが大怪我《おおけが》でもしたら？

実際、ディックは去年のクリスマスに頭を打って記憶をなくし、ユウトのことを忘れてしまった。幸い数日で元に戻ったが、下手をすれば恋人としてのディックを失うところだった。父親も元気だったのに突然逝ってしまった。明日も同じ一日が来るとは限らないのだ。ぐずぐずしている場合じゃない。レティとルピータに最愛の相手を紹介しなくては。

とうとうこの問題に決着をつける時が来たのだ。ユウトは自分の尻を叩《たた》くことにした。

「行こう、ディック。次の週末、ツーソンに」

突然、決意したユウトに、ディックは驚いた顔つきになった。

「急にどうしたんだ？」

「ロブの言うようにこれはチャンスだ。だから行こう。いや、俺と一緒に行ってくれないか、ディック。……OKしてくれる？」

ユウトの問いかけにディックは笑みを浮かべ、「当然だろ」と答えた。

「ぜひ一緒に行かせてくれ。レティにちゃんと挨拶《あいさつ》したい。許してもらえなくても構わない。俺のお前への気持ちを誠心誠意、伝えるつもりだ」

「ディック……」

「よし、決まったね。ふたりでツーソンに行っておいで。アリゾナは暑いだろうけど、今ならまだアスファルトの上で目玉焼きができるほどじゃない」

ロブはにこにこしながらユウトとディックの顔を交互に見た。その満足げな顔を見て、ユウトはもしかしたらロブは自分の背中を押すために、今日うちに来たのかもしれないと思った。だがそれを尋ねたところで、ロブは「なんのこと?」ととぼけるに違いない。

ユウトはあらためて思った。

俺の親友はつくづくお節介で、友達思いの最高にいい奴だ。

「やっぱりスーツを着てくればよかった」

ディックがそんなことを言い出したのは、飛行機がロサンゼルス国際空港を離陸してからだった。ユウトは「その服装で大丈夫だって」と苦笑を浮かべた。今日のディックのスタイルはサックスの七分袖テーラードジャケットに、グレーのTシャツ、下はオフホワイトのチノパンだ。ジャケットの素材はリネンで、涼しげなコーディネートがすっきりと決まっている。

「第一印象は重要だ」

「十分すぎるほどに印象はいいよ」

スーツなんて着ていけば仰々しくなるし、ジーンズにパーカ姿のユウトと釣り合いが取れなくなる。何より見た目が暑苦しい。現地の天気予報では、今日の最高気温は九十度（摂氏三十二度）を超えていた。

普段、ユウトのこと以外では何事にも動じないクールなディックが、落ち着かない様子でそわそわしている。服装なんて気にするディックが可愛くて、ついにやにやしてしまう。

ユウティはロブの家で留守番だ。ロケから帰ってきたヨシュアと一緒に、今朝、ロブが家まで迎えに来てくれた。ユウティはヨシュアに懐いているので、まったく嫌がりもせずロブの車に乗り込み、見送るユウトとディックのほうを振り向きもしなかった。

「ユウトは平気か？　気が重くなってないか？」

気づかうような眼差《まなざ》しを向けられ、「平気だ」と答えた。不思議とツーソンに行く覚悟が決まってからは、嘘みたいに気持ちがすっきりしていた。レティには一緒に住んでいる友人を連れて遊びに行くとだけ伝えている。

十歳の頃から自分を育ててくれたレティには、心から感謝している。だから彼女を悲しませたくないという気持ちが強すぎて、臆病になっていたのだ。失望させてしまうかもしれないが、自分はディックというパートナーを得て、かつてないほど幸せに暮らしていることを知ってもらいたい。話し合ってちゃんと理解してもらいたい。今はそういう前向きな気持ちが胸に漲《みなぎ》っている。

ヨシとレティが再婚したとき、新しい母親と兄ができて戸惑ったし、何より病気で亡くなった実の母親を恋しく思う気持ちがまだ強く、当時はかなり複雑な心境だった。けれど明るく優しいレティと暮らすうち、すぐにユウトはメキシコ人の義母を好きになった。格好いいパコのことも自慢の兄貴だと誇らしく思うようになった。

仕事で多忙なヨシは家を空けがちだったが、レティとパコがいれば寂しくなかった。そのうちルピータも生まれ、一家はますます賑《にぎ》やかになり、大学進学時に実家を離れる際は寂しくて仕方がなかった。

ニューヨークで就職したせいでたまにしかLAに帰れなくなり、帰省するたびルピータの成長ぶりに驚かされた。パコもロス市警への就職を機に家を出ていたので、ルピータは寂しがっていたが、その分、両親の深い愛情を一身に受けて育った。

ヨシが交通事故で他界すると、持病を抱えていたレティはアリゾナに住む姉を頼ってツーソンに移り住んだ。

ユウトが最後にツーソンを訪れてから一年以上が過ぎている。仕事の忙しさにかまけてふたりに会いに行かなかったことを申し訳なく思っていた。

「ディック。昨日も話したけど、ルピータはまだ子供だ。もしかしたらお前にひどいことを言うかもしれない」

ブラコンの気があるルピータが、どういう反応を示すのか心配だった。十六歳は多感な年頃だ。兄が男の恋人を連れてくる出来事は、彼女の心になんらかの傷を残しはしないだろうか。

「心配するな。俺なら何を言われても大丈夫だ。ルピータの文句は丸ごと受け止める」

どっしり構えた態度で微笑むディックは、頼もしくて最高に格好よく見えた。キスしたいが隣に人がいるのでできない。代わりにディックの膝《ひざ》に自分の膝を擦るようにして押し当てた。

ディックが応じるようにユウトの手の甲を、そっと指先で撫でてくる。ソフトなタッチが逆に蠱惑的《こわくてき》で、ますますキスしたくなって困った。


飛行機は順調にフライトを終え、正午前にツーソン国際空港へと着陸した。

アリゾナ州南東部に位置するツーソンは、五つの山々に囲まれたアリゾナ州第二の内陸都市で、メキシコとの国境が近くヒスパニックも多く住んでいる。古くはネイティブ・アメリカンやスペイン文化の影響も受けたせいか、エキゾチックな雰囲気のある街だ。

アリゾナ大学があり、学生の街としても知られている。場所にもよるが全般的に治安は悪くない。避寒地としての人気が高く、ゴルフ場もたくさんあり、老後を過ごすために移住してくる高齢者も多いという。

建物から出た途端、焼けつくような日差しに肌が痛くなった。暑いだけでなく空気が乾燥している。空港で事前に予約していたレンタカーを借り、ユウトの運転でレティの家を目指した。

車で三十分ほどの距離だ。

「西部劇に出てくるようなサボテンが、街中に普通にあるんだな」

サングラスをかけたディックが、窓の外を眺めながら言う。

道路脇に何本も大きなサボテンが生えている。人が両手を広げているように見えるサワロサボテンは、カリフォルニア州の南東部とアリゾナ州の南部、メキシコのソノラ州にだけ生息している。

「ツーソンはまさに西部劇の街だからな。いくつものドラマや映画がツーソンにある撮影所でつくられてる」

「そうなのか。……景色がだだっ広くて平たいな。全体にすごく平坦な印象を受ける」

ディックの言いたいことはよくわかる。今走っている道路は広々とした片側三車線で、店舗などの建物はどれも平屋で敷地にも余裕がある。それに高いビルがほとんどないので、景色がどこまでも横に広がっている感じがするのだ。

次第に店舗が減って住宅が多くなってきた。走っていた大きな通りを左折すると、右手に緑の平原が現れる。大きな牧場がどこまでも広がっている。ディックが「馬がいる」と言うので、「牛もいるぞ」と教えてやった。

「ここはアリゾナ大学のキャンパスファームらしい。いい場所だろう?」

「最高だな。牧場の向こうには大きな山が見える」

ユウトが「あれはレモン山だ」と教えると、ディックは「毎日でも眺めたい景色だ」と目を細めた。

「レティもそう言ってた。それでここに引っ越したんだって」

喋っているうちに目的地に到着した。

通りに面して建つのは、こぢんまりとした平屋の一軒家だ。ここでレティとルピータが暮らしている。パコとユウトは毎月わずかだが仕送りをしているし、レティには亡くなった父親の財産や保険金がかなり入ったはずだが、できるだけルピータに残してやりたいと思っているようで、質素と思えるほどの暮らしぶりだ。

前庭に車を駐《と》めて玄関の前に立つと、チャイムを押す前にドアが開いた。

「ユウト！　お帰りなさいっ」

ルピータが抱きついてきた。タンクトップとショートパンツから伸びる手足は長く、肌は健康的に日焼けしている。ユウトは妹を強く抱き締め「ただいま」と答えた。

「また美人になったたな」

ハグを解いてから頬にキスして言ってやると、ルピータは「でしょ？」と白い歯を見せて笑った。お世辞ではなく一年前より大人っぽくなった。黒い艶やかな髪はパーマを当てたのかゆるやかにウェーブして背中に落ち、年齢より大人びた印象を受ける。

幼い頃はアジア人の雰囲気のほうが強かったのに、年齢を重ねるほどレティに似てきて、まるで花が咲くように美しくなってきた。成長を嬉しく思う反面、いつまでも子供のままでいてほしいような想いも湧いてくるが、それは兄の勝手な感傷というものだ。

「この人がルームメイトのディックね」

「ああ。ディック、妹のルピータだ」

ディックは「初めまして、ルピータ。会えて嬉しいよ」と微笑んだ。ルピータは写真で見て知っているはずなのに、実際に見るディックのハンサムぶりに驚いたのか、ぽかんとした表情で「格好いい……」と呟《つぶや》いた。

「今夜はうちに泊まっていくんでしょう？」

「今日はディックがいるし、近くのモーテルに泊まるよ」

「うちでいいじゃない。ゲストルームのベッドはひとつしかないけど、友達同士なら一緒に寝ればいいんだし」

ルピータの言葉に思わずディックと気まずい視線を交わした。事実を打ち明けたあとでは、きっと同じ言葉を言ってくれないだろう。

室内に入るとテーブルに料理を並べていたレティが、「お帰りなさい。ユウト」と両手を広げた。近づいて小柄な身体を抱き締め、ただいまのキスをする。いつ見てもレティの穏やかな笑顔には、言葉にしがたい安堵感を覚える。

レティはジーンズに白いサマーセーターという格好で、髪は後ろでひとつに束ねていた。若い頃から美人だったが、五十二歳になった今もレティは美しい。目尻のしわやこめかみの白髪が目立つようになってきたとしても、そんな些末《さまつ》な変化に彼女の魅力は損なわれない。

「ポジョデモーレだ。嬉しいよ。食べたかったんだ」

「もちろんつくるに決まってるじゃない。あなたの大好物だもの」

ポジョデモーレは鶏肉の赤ワインとチョコレート煮込みで、カカオのコクとスパイスの利いたモーレというソースが、ジューシーな鶏肉に絡んで最高にうまい料理だ。ただしつくる人によって味がさまざまで、ユウトはレティのつくるモーレが一番好きだった。言うなればお袋の味というやつだ。

「仕事が忙しいって言ってたけど、元気そうで安心したわ。彼がディックね。いらっしゃい、ディック。会えて嬉しいわ」

レティはディックともハグし、ふたりを椅子に座らせた。

「お昼ご飯、まだでしょう？　たくさんつくったから食べてちょうだい」

家族だけで話すときはスペイン語をよく使うが、今日はディックがいるので英語で会話した。

「最近、体調はどう？」

「おかげさまですごくいいわ。ここの気候が身体に合ってるのね。仕事も少し前からフルタイムで働いているのよ」

レティは持病があって薬が手放せない身体だ。無理してストレスが溜まると体調が悪くなり、昔は月に数日は寝込んでいた。

「建設会社で事務の仕事をしているの。みんないい人で楽しい職場よ」

レティがディックに話しかける。ディックは「職場が楽しいのは何よりです」と頷《うなず》いた。

「ディックは警備会社で働いているって聞いたけど、危なくはないの？」

「最近は内勤の仕事が主で警護の仕事はあまりしていませんが、現場に出れば危険な場面に遭遇することもあります。でも鍛えているから大丈夫です。……このタコス、最高にうまいです」

レティは「たくさん食べてね」と微笑み、黙って食べているルピータに視線を向けた。

「大好きなユウトがやっと来てくれたのに、今日は随分と無口ね」

「だってディックがハンサムすぎて緊張しちゃう」

あながち冗談でもないような口調だった。年頃の女の子にとってディックのような男は、少し刺激が強すぎるのかもしれない。

「先月はパコがトーニャを連れてきてくれて、とても楽しかったわ。トーニャはユウトの友達なんですってね」

「うん。すごく素敵な人で俺も大好きなんだ。本当にいい人だよ。……だけど、ショックじゃなかった？　トーニャは見た目は完全に女性だけど、性別は男性だ」

率直な気持ちを知りたくて質問した。レティはおどけるように目を見開いて、「そりゃあ驚いたわよ」と笑った。

「トーニャは文句のつけようのない素敵な子だけど、親としてはやっぱり女性と結婚して家庭を持ってほしいと思ってしまうものだしね。でもパコは本当にトーニャを愛しているんだってわかったから、何も言えなかった。あの子の人生はあの子のものよ。私はパコが幸せな人生を送ってくれることを願うだけ」

レティは優しい人だが躾《しつけ》には厳しかった。子供の頃はユウトもパコも、時には理不尽だと思えるほど叱《しか》られたこともある。だが成長してからはふたりの意思を尊重して自由にさせてくれた。親だからこそ言いたいことはあるだろうに、対等なひとりの人間として向き合ってくれている。

「トーニャって整形もしていないのに、どうしてあんなに美人なんだろ。それにすごくお洒落《しやれ》だし、何より優しくて憧《あこが》れちゃうな」

ルピータが熱っぽい声で言った。聞けば今着ているタンクトップは、トーニャからもらったお下がりらしい。トーニャのルピータ買収作戦は着々と進行中のようだ。

「私、ＬＡの大学に行きたいの。そのときはユウトの家の近所に住みたいな」

「お前はてっきりアリゾナ大に進学するんだと思ってたよ」

ユウトが言うと、「家の近くの大学なんて嫌よ」と唇を尖《とが》らせた。

「それにツーソンなんて田舎でうんざりする。ＬＡに帰りたい」

「ツーソンは大きな街だ。ツーソンモールに行けばなんでも揃うし、ウォルマートもサムズクラブもターゲットもある。それにイナナウトバーガーも」

ルピータはうんざりしたような表情で「そんなのチェーン店なんだから、どこにでもあるじゃない」と首を振った。LA育ちのルピータにとって、ツーソンは退屈な街なのだろう。

久しぶりにレティの美味しい手料理をたらふく食べた。幸せな気分だったが食後のコーヒーを飲んでいたら、急に緊張してきた。とうとう事実を告げる時が来たのだ。

「ユウト。あなた、電話で話したいことがあるとか言ってなかった?」

心の中を読まれたようなタイミングだった。ディックを見ると彼は小さく頷いた。ユウトは意を決して口を開いた。

「今日はすごく大事なことを話したくて来たんだ」

「まさか結婚するとか? それはないよね。恋人はずっといないって言ってたし」

ダイエットコークを飲んでいたルピータが、怖い顔で割り込んできた。

「結婚はしない。でも恋人がいないっていうのは嘘だ。二年前から俺には恋人がいる」

「まあ、だったら教えてくれたらよかったのに」

「ひどい! 騙《だま》してたのっ?」

喜ぶレティと怒るルピータ。どちらの顔も正視できない。

「ごめん。事情があって言えなかった。事実を知ればふたりが悲しむかもしれないと思って、打ち明けられなかった。でも俺は恋人のことを心から愛してる。だから俺の家族に紹介したいと思って、今日ここに連れてきたんだ」

レティは驚いて「どこにいるの？　まさか車に待たせてるなんて言わないでしょ？」と見当外れのことを言った。

ルピータはハッとしたようにディックを見て、「嘘でしょ？」と呟いた。

「ユウトの恋人って、もしかしてディックなの……？」

「そうだ。彼とつき合ってる。ディックはルームシェアしている友人じゃなく、一緒に住んでいる恋人なんだ。今まで嘘をついていてごめん」

レティはぽかんとしている。にわかには信じられない様子だ。

「どういうことなの……？　あなたゲイじゃなかったでしょ？　学生の頃からガールフレンドも何人かいたじゃない。こんなこと言ったらあれだけど、勘違いってことはないの？」

「レティ、勘違いなんかじゃない。俺にはディックが必要なんだ。一生を共にしたいと心から思ってる。二年近く一緒に暮らしてきたけど、その気持ちは今のほうが強くなってる」

ディックがレティに向かって、「ご挨拶が遅れてすみませんでした」と謝罪した。

「黙っていたユウトを責めないでください。ユウトは事実を打ち明けることで、ふたりを傷つけてしまうかもしれないと、ずっと不安に思っていたんです。あなたを悲しませたり失望させたりしたくなかった」

ディックの言葉にレティは首を振り、「失望なんかしないわ」と答えた。

「パコもユウトも私の自慢の息子よ。何があっても私は息子たちを信じているし愛してる」

その言葉に安堵した。だがまだ事実を受け止めきれないのか、レティは物言いたげな表情を浮かべている。息子ふたりが立て続けに一般的ではない恋人を連れてきたのだから、困惑するのは当然だ。

祈るような気持ちで願った。自分の育て方が悪かったと思ってほしくない。それだけは嫌だった。レティは素晴らしい母親だ。

どう言葉を続けようかと考えていると、ルピータが勢いよく立ち上がった。

「ユウトは絶対にゲイじゃないっ。あんたなんかユウトに相応しくないんだから！」

ディックを見つめるルピータの黒い瞳は、怒りに燃え上がっていた。

「ルピータ、ディックに当たらないでくれ」

「いいんだ、ユウト。俺は確かにお前に相応しくない。それは自分が一番よくわかってる」

ディックは自分をにらみつけているルピータを、穏やかな目で見上げた。

「俺は人生のどん底でユウトに出会い、そして救われた。俺の人生で一番の幸運は、ユウトに出会えたことだと断言できる。君の兄さんは素晴らしい人だ。俺なんかが人生を共にしていい男じゃないとわかってる。だけどどうしても一緒にいたい。ユウトと生きていきたいんだ。君がユウトを大事に思う気持ちもよくわかる。俺なんかに渡したくないだろう。でもお願いだ。

許してほしい。俺にはユウトが必要なんだ」

ディックはひたむきに訴えたが、ルピータは無言でリビングルームを飛び出していった。奥のほうから乱暴にドアを閉める音が聞こえたので、自分の部屋に行ったようだ。

「ルピータとふたりきりで話してくるよ」

ユウトが立ち上がると、ディックは「ゆっくり話してこい」と言ってくれた。

ルピータの部屋のドアをノックする。返事はなかったが、「入るぞ」と告げてドアを開けた。ルピータはベッドの上でクッションを抱き締め、足を投げ出して座っていた。

壁にはたくさんの写真が貼《は》られている。友達と撮ったものが多いが、家族との写真もあった。赤ちゃんのルピータを抱いているヨシ。ユウトとパコに手を繋がれ、真ん中で笑う三歳くらいのルピータ。去年、レモン山までドライブしたとき、レティが撮ってくれたユウトとルピータ。家族のいろんな光景がそこにある。

ユウトはルピータが小さい頃に家を出てしまったので、彼女の成長過程を間近で見ていない。それでも兄妹として仲がいいのはルピータのおかげだ。滅多に帰ってこない年の離れた兄に対し、ルピータはよそよそしい態度を見せず、いつも無邪気な笑顔で慕ってくれた。

「俺がゲイだったことでお前を傷つけたなら謝るよ。すまない、ルピータ」

「ユウトはゲイじゃない。ディックに誘惑されて進む道を間違っただけよ」

赤い目でクッションを強く抱き締めるルピータを見ていると胸が切なく痛み、ディックを悪く言われても怒る気にならない。

「ディックのせいじゃない。俺が自分で考えて決めたことだ。俺はディックと生きていく」

「きっと後悔する。ユウトなら素敵な女の人とつき合えるじゃない。結婚して可愛い子供もできて、すごくいいパパになる。私、そういうユウトが見たかった。ユウトは私の自慢のお兄ちゃんだったのよ。これからも変わらないユウトでいてほしい。……ねえ、まだ引き返せるわ。あの人と別れて。彼女ができても、もう二度と意地悪を言ったりしないから、ユウトを幸せにしてくれる女の人とつき合ってよ……っ」

ルピータはクッションに顔を埋めて、子供のように泣き出した。ユウトはベッドに腰を下ろし、ルピータの頭を撫でた。

「自慢の兄貴でいられなくて本当にすまない。悲しむお前を見ているのはすごく辛い。でも俺はディックと別れない。彼を心から愛しているんだ。俺はディックを愛している自分を誇りに思ってるし、何ひとつ恥じてない。ディックは俺にとって家族も同然だ。だからレティとルピータにどうしても紹介したかった。ふたりは俺の大事な人たちだから」

ルピータはしばらく黙っていたが、鼻をすすりながら顔を上げた。涙で濡れた頰を指先で拭ってやると、「どうしてディックがいいの?」と質問を投げかけてきた。

「格好いいから?」

「確かにディックは格好いい。でもそれは魅力のひとつであって、ディックのすべてじゃない。

外見だけに惹《ひ》かれたところで関係は長続きしないよ」

「だったらどうして？　どこに惹かれたの？」

どうしても納得がいかないらしい。ユウトは膝の上で手を組み、言葉を探した。

「どうしてかな。自分でも理由なんてよくわからない。いつの間にか惹かれていたんだ。俺はゲイじゃないから、ディックへの恋愛感情は思い違いかもしれないって何度も疑った。でもどう足掻《あが》いても彼が好きだっていう感情は、俺の心の中から消えてくれなかった。ディックも俺を心から大事に思ってくれている。お互いに他の誰かじゃ駄目なんだ。だから一緒にいるのがすごく自然で……。ゲイは気持ち悪い？　異常な人間？」

ルピータの本心が知りたくて尋ねた。もし嫌悪感が強いなら、あまり赤裸々に話すのはやめたほうがいいと思った。

「そんなことは思ってないよ。私、差別主義者じゃないもん。ゲイの同級生だっているし。……でもユウトがゲイなのはショック。それを黙っていたことも腹が立つ。裏切られたみたいですごく悔しい」

また感情が高ぶってきたのか、眉間《みけん》に深いしわが寄る。繊細な年頃だ。理解してくれと訴えすぎるのは逆効果かもしれない。

「今まで黙っていてすまない。難しい問題だから、すぐ受け入れてくれとか認めてくれとか言うつもりはない。今回はディックをふたりに紹介できただけで十分だ。それから、お前が俺を嫌いになっても、俺はお前を愛してる。お前は俺にとって大切な可愛い妹だ。その気持ちは死ぬまで変わらない」

俯《うつむ》いているルピータの頭を軽く撫で、ユウトは部屋を出た。

リビングに戻ると、レティとディックはなごやかに話をしていた。

「ルピータの様子はどう？」

「話は聞いてくれたけどまだ怒ってる。ルピータに泣かれるのは堪《こた》えるよ」

レティは立ち上がってユウトに新しいコーヒーを淹れてくれた。

「あの子はあなたが大好きだからね。でも心配ないわ。いずれ時間が解決してくれる」

慈愛に満ちた笑みを浮かべるレティを見て、この人の息子でよかったと心底思った。大好きな人だからこそ、ずっといい息子でいたかった。何よりも失望されるのが怖かった。でもそんなことは杞憂《きゆう》だった。やはりレティは強い人だ。複雑な気持ちはあるだろうに、そんな感情は呑み込んで優しく励ましてくれる。

「ありがとう。……レティにもごめん。俺、孫の顔は見せられないよ」

真摯《しんし》に謝ったのに、レティは「嫌だ」と噴き出した。

「そんなことで謝られるなんて思ってもみなかった」

「だってパコに言ったんだろう？　孫なら俺が見せてくれるって」

「そんなこと言ったかしら？　よく覚えてないわ。きっとパコの気持ちを楽にしてあげたくて、つい言っちゃったのね。正直言うと、別に孫なんてどうでもいいのよ。そりゃあ、生まれてくればすごく可愛いでしょうけど、今はいないじゃない？　存在していない子供のことを、あれこれ言ったってねえ？」

　おおらかに笑うレティに思わず「よかった」と言ってしまった。肩の荷が下りた気分だ。

「ヨシが生きていたら大騒動だったでしょうね。あの人、昔気質《かたぎ》の人だったから。パコもユウトも揃って勘当を言い渡されたかも」

「可能性はあるね。親父は頭が固くて、男は男らしく女は女らしくってタイプだったから。子供の頃、よく男らしくしろって叱られたよ。いつだったか悪ガキに苛《いじ》められて泣いて帰ったら、相手に一発食らわしてこい、できるまで家には入れないって外に放り出されたことがあった」

　ディックが隣で「初耳だ」と笑った。

「ユウトの親父さんはそういう人だったのか」

「見た目は真面目そうな線の細い日本人なのに、中身はメキシコ人みたいな人だったわ。でも努力家でまっすぐな人だった。再婚した頃、パコは思春期真っ盛りの反抗期で、最初はものすごくヨシに反発していたのよ。あるとき、些細な喧嘩でパコが私を突き飛ばしたの。私、勢いで転んじゃってね。そしたらあの人、母親に手を出す奴は許さないって、パコを殴ったわ。暴力はいけないことだけど、パコはそれがあってユウトのお父さんを尊敬するようになった」

「素敵な話ですね。聞いているとユウトのお父さんは、ユウトよりパコと似ているかも」

「そうなのよ。血の繋がりはないのに似たもの親子だったわ。不思議ね。ディックの家族はどこにいるの？」

「ディックには家族がいないんだ」

ユウトが答えた。家族の懐かしい思い出話を聞いたあとに、孤児だと言わなくてはいけないディックの胸の内を思いやってのことだった。だがディックはいいんだと言うように、微笑んでユウトの膝に手を置いた。

「俺は孤児なんです。子供の頃に両親が事故で亡くなり、引き取ってくれる身内もいなくて施設で育ちました」

「まあ、そうだったの。辛い経験をしたのね」

「今はユウトがいてくれるから幸せです。……忘れてた。ユウティもいます」

レティは「ああ、あの子ね。可愛い犬」と頷いた。何度か携帯で写真を送っているので、ユウティのことは知っている。

「うちもルピータのために犬を飼おうかしら。昨日もボーイフレンドと喧嘩したみたいで、ふさぎ込んでいたのよ。このところ情緒不安定で大変。そういう年頃なのはわかるけど――」

「ボーイフレンドがいるのっ？　俺は聞いてないよ。どんな奴？」

驚いて問い質してしまった。レティは「すごくいい子よ」とのんびり答えた。

「コリンっていうの。中学も高校も同じで近所に住んでて、よくうちにも来てくれるわ」

「ボーイフレンドはまだ早いだろ。ふたりきりにしないほうがいい」

ディックが「別に早くないだろ」と茶々を入れた。いいや、早い。恋人なんて、まだまだ必要ない。内心でそう思ったが、さすがに口に出して言えなかった。

「あなたたち、モーテルを探すって言ってたけど、うちに泊まりなさいよ」

「でもルピータが嫌がる」

「ショックを受けたとしても、それはそれ、これはこれよ。ここは私の家。私がいいって言っているんだから気にしないの。荷物、車に置いてるんでしょ？　部屋に持っていきなさい。そのあとはふたりで食器を洗ってちょうだい」

レティの言葉には逆らえず、ふたりは先生に指示された生徒のように立ち上がった。


食器を洗ったあと、ディックと観光に出かけた。ルピータは部屋に閉じこもって出てこなかったが、レティは「気にしないで行ってらっしゃい」とふたりを送り出してくれた。

「レティは素敵な人だな」

走りだしてしばらくしてから、ハンドルを握ったディックが言った。

「うん。俺もあらためてそう感じた。内心ではいろいろ思ってるはずなのに、あえて言わないでいてくれる。彼女は心が強いんだ。とにかくレティが許してくれてほっとしたよ。今、心が晴れ晴れしている。まるでこの空みたいに」

頭上には抜けるようなアリゾナの青空が広がっている。

「お前の心が晴れやかになって俺も嬉しいよ。あとはルピータだな。帰るまでに、お前に笑顔を見せてくれたらいいんだけど」

ユウトが「あいつ、親父に似て頑固だからなぁ」とぼやくと、ディックは「ふたりの兄貴にも似たんだろ。ユウトもパコも揃って頑固だ」と笑った。

「意志が強いと言ってくれ。……そういえばふたりきりのとき、レティと何を話したんだ?」

「ユウトは我慢強い子だから、大丈夫とか平気だって言葉を鵜呑《うの》みにしないでねって言われたよ。言葉じゃなく、しっかり目を見てあげて、そしたら本当の気持ちがわかる。自分から弱音を吐けない子だから、できるだけ察してあげてほしい。そんなふうなことも言ってくれた」

不意に泣きそうになり、思わず窓の外を見た。ディックはユウトの涙に気づかないふりをしてくれた。

「前から思っていたんだが、お前は自分から家族の話をあまりしないよな。もしかして俺に気をつかってくれていたのか?」

ディックの問いかけに「別にそういうわけじゃないよ」と答えたが、その推察は当たっていた。家族のいない孤独なディックに自分の家族の話をするのは、自慢みたいで気が引けた。

ユウトも母親を亡くしたあと、友達が自分の母親のことを貶しても自慢しても、嫌な具合に胸が重苦しくなった。子供の頃の自分と今のディックを同じように考えるのは間違っているかもしれないし、ディックはまったく気にしないかもしれないが、家族のいない寂しさは本人にしかわからない。

「お前は嘘をつくのが下手だな。……なあ、ユウト。俺はお前の家族の話を聞くのは好きだ。家族の話をしているお前を見るのも好きだ。だからこれからはなんでも聞かせてくれ。懐かしい思い出や家族に対する気持ちを、俺にも分けてほしい」

ディックの温かい気持ちが嬉しくて、頷くだけで精一杯だった。


出発してから四十分ほどで、砂漠地帯に生息する動植物を集めたソノラ砂漠博物館に到着した。サワロ国立公園内にある観光の名所で、ユウトはレティたちと来たことがある。見応えのあるミュージアムだからディックをぜひとも案内したかった。

屋外型の動植物園を歩いて回るのは暑くて大変だったが、水飲み場が至る所にあるので助かった。ミーアキャット、マウンテンライオン、オオカミ、コヨーテ、ビッグホーン、ブラックベア、ガラガラヘビなど珍しい動物がたくさんいて、爬虫類《はちゅうるい》や魚類の水族館、小さな鍾乳洞《しょうにゅうどう》などもある。すべては回りきれなかったが、二時間ほどの滞在で切り上げた。もう一箇所、ディックを連れていきたい場所があるからだ。

車に乗ってしばらく走り、脇道に逸《そ》れて小さな広場で車を駐めた。トレイルコースへの入り口だ。

ふたりとも持参したトレイルランニングシューズに履き替え、未舗装のダート道を歩き始めた。夕方になって気温は下がっているが、まだ日差しはきつい。目的地まで距離はそれほどないのだが、勾配《こうばい》がきつくなってくるつづら折りの山道では、さすがに息が上がった。

「こんなでかいサボテンは初めて見た」

ディックが足を止め、五十フィート（十五メートル）以上はあるサワロサボテンを見上げた。片方の枝は上を向き、反対側の枝は前に出てカーブしている。女性を支えて踊る社交ダンスの踊り手のようだ。

「あの腕みたいな枝が出るまでに、五十年以上はかかるんだって。これくらいの大きさだと百年は超えてるかも。サワロサボテンの平均寿命は百五十年から百七十五年くらいで、中には二百年以上生きるものもあるらしい」

レティから仕入れた知識を披露すると、ディックはしきりに「すごいな」と感心していた。確かにすごいと思う。こんなほとんど雨も降らない乾ききった砂漠で、彼らは百年以上も粛々と生き続けるのだから。

二十分ほどで目的地に到着した。トレイルコースから外れて急勾配の山肌を登っていくと、開けた場所に出た。山の尾根だ。

「すごい……」

ディックは呟いたきり絶句した。

ユウトも初めてここに来たとき、言葉が出なかった。サボテンや灌木《かんぼく》が点在する砂漠が、見渡す限りどこまでも広がっている。はるか彼方には地平線のように続く山並みが見える。あまりに広大すぎて目眩《めまい》がしそうなほどだ。

車を降りて少し歩いただけでこんな広大な景色が見られてしまうのは、アリゾナならではの自然の恩恵だ。人が暮らす都市と砂漠気候の大自然が、隣合わせに存在している。

サボテンの日陰で水を飲んで休んでいると、日が落ちてきた。青かった空が赤く染まっていく。青と赤と紫の入り交じる空は、胸が震えるほど美しかった。

林立する巨大なサボテンたちが黒いシルエットになっていき、まるで異世界に連れてこられたような気分を味わう。

太陽が沈み、夜がやってくる。

大自然の中で人はあまりにちっぽけすぎて、魂ごと呑《の》み込まれそうだ。でもディックが一緒にいるから怖くない。

沈んでいく燃えるような夕日を眺めていると、ディックが肩を抱いてきた。ユウトもディックの腰に腕を回す。

「今まで見た中で一番美しい夕日だ。連れてきてくれてありがとう」

ディックはユウトを抱き寄せ、髪にキスをした。

「この前はレティたちと一緒だったから、明るいうちに戻ったんだ。いつかディックと来られたら、絶対にここで夕日を見たいと思った。願いが叶《かな》ったよ。だから俺からもありがとう」

誰もいないのをいいことに、ディックの後頭部に手を添えてキスをねだった。唇が重なり、ふたりの影がひとつになる。

甘い口づけのあとでディックが「考えていたんだ」と囁《ささや》いた。

「もしもレティが俺たちの関係を認めてくれず、お前たち家族の関係が壊れてしまったら、俺はどうしたらいいんだろう、俺には一体何ができるのかって、ずっと考えていた」

思いもしない告白に驚いた。そんな気持ちでいたことを、ディックはこれまで一度も口にしなかったから、気づきもしなかった。

「俺のために悩んでくれてありがとう。それで答えは出た？」

ディックは「出たよ」と優しく微笑んだ。夕日を受けたディックの髪は、不思議なきらめきを帯びていた。

「俺にしかできないことをしようと思った」

「お前にしか？　それは何？」

レティにプレゼントを贈る。心のこもった手紙を書く。頭の片隅であれこれ想像しながら答えを待っていると、ディックはユウトの頬を右手でそっと撫でた。

「死ぬまでお前を愛し抜く。それが俺にできる唯一のことだ。誰に何を言われても、お前の大事な家族を悲しませることになっても、俺はお前を愛する。お前が幸せな人生を送れるよう、どんなときも隣にいて支えて、命がけで守っていく」

「ディック……」

「いつも思っていることだから、今さら言うような話でもないんだけどな」

照れ臭そうに笑うディックが愛《いと》おしくて、首に腕を回してきつく抱き締めた。

「嬉しいよ。すごく嬉しい……」

ぴったりと身体を寄せ合いながら、沈みゆく夕日を見つめた。いつまでもふたりでここに立っていたかったが、真っ暗になると帰りが危ない。ふたりは名残惜しい気分で美しい夕暮れ空に別れを告げ、手を繋いで来た道を戻った。

車を駐めた場所まで戻った頃には、すっかり暗くなっていた。

「夜になると急に寒くなるな」

後部座席に置いていたパーカを取ろうとドアを開けたら、ディックが「そのまま後ろに座ってくれ」と言い出した。わけがわからないまま車に乗り込むと、ディックも入ってきた。

「誰が運転するんだ？」

「もちろん俺がする。でもあとでな。もう少しここにいよう」

頬を撫でてくる手つきでわかる。さっきのロマンチックな気分がまだ残っているのだ。ディックはユウトの耳に唇を押しつけ、「キスしてもいいか?」と囁いた。腰に響く低音だった。

「こんなところで?」

非難するような口調はただのポーズだ。ユウトもさっきのキスでは全然足りていない。

「レティの家では抱き合えない。触れ合えるのは今だけだ。たまには羽目を外そう。なあ、いいだろう?」

懇願するような言い方だった。ユウトはくすくす笑って「誰か来るかも」と意地悪を言ってやった。

「日が沈んでから山を歩く物好きはいない。ここにはもう誰も来ないさ。もし来たとしても車のライトですぐわかる」

背中に回された手が熱っぽく肌を撫でてくる。ディックは鼻先でユウトの頬を愛撫《あいぶ》し、「たまらなくお前が欲しいんだ」と訴えた。

そのひと言でユウトの官能にもスイッチが入ってしまった。駄目だと思っているのに口が勝手に動き、「俺も」と答えていた。

熱い唇が激しく重なってきた。夢中で受け止めながら、ディックの髪をくしゃくしゃにかき乱す。衣擦《きぬず》れの音と互いの息づかいだけが車内に満ちている。

ネッキングだけではすぐに我慢できなくなったのか、ディックはユウトのTシャツをまくり上げ、胸や腹にキスをしながらジーンズの前を開いた。形を変えたユウトのペニスは、窮屈そうに下着を押し上げている。ディックは中に手を入れ、ユウトのものを優しく握った。それだけで声が出そうになり、咄嗟《とっさ》に唇を強く引き結んだ。

ディックの手が徐々に激しく動きだす。快感に息を乱していると「脱げるか？」と聞かれた。ためらいはあったがここで止められるはずもなく、ユウトは狭い車の中でどうにかジーンズと下着を足から引き抜いた。ディックは上体を倒し、ユウトの股間《こかん》に顔を埋めた。

慌てて「駄目だ、汚い。それはしなくていい」と頭を押したが、ディックはユウトの抵抗など物ともせずブロージョブを開始した。

ユウトの感じるポイントを知り尽くした唇が、甘く激しく責め立ててくる。なめらかな舌が紡ぐ身悶《みもだ》えるような気持ちよさ。ユウトはたまらなくなってウインドウに額を押し当てた。先端に軽く歯を立てられ、仰《の》け反《ぞ》った拍子にそれが目に飛び込んできた。

星だ。ものすごい数の星が夜空を埋めつくしている。

「ディック、星が、すごい……」

息を乱しながら教えたが、ディックは今は星なんてどうでもいいというように、愛撫を続けた。強く吸いながら唇で深く扱《しご》かれると、こらえきれない射精感に襲われた。

「ん、ディック……、いい、よすぎて駄目だ、はぁ、ん、もう……っ」

身体の奥から噴き上げてくるマグマのような快感に包まれ、耐えきれず目を閉じた。解放の瞬間、閉じた瞼《まぶた》の裏側に無数の星が瞬いて見えた。

唇が離れるとユウトは息を乱しながらドアを開け、よろめくように外に出た。

「どうした？　気分でも悪いのか？」

ディックが驚いたように追いかけて出てくる。

「中は狭すぎる。外でやろう」

木々やサボテンの向こうにある道路では、時折、車のヘッドライトがちらついているが、ディックの言ったとおり、こんな真っ暗な山道の脇道に入ってくる物好きはいない。

「お前は嫌か？」

ユウトはボンネットに寝そべってディックを見上げた。

「嫌なわけないだろう。最高に嬉しい。そういう誘いは大歓迎だ。だけど急にどうした？　いつも慎重なお前が珍しい」

「星のせいだ。星が俺をおかしくした」

ディックは頭上を見上げ、「なるほど」と頷いた。

「こんなすごい星空の下じゃ、おかしくなってもしょうがないな」

言いながらユウトの膝を開かせると、ディックは自分のペニスを握って窄《すぼ》まりに押し当てた。ローション代わりに先走りを塗りつけてから、ゆっくりと中に入ってくる。

自分の内側がディックでいっぱいに満たされる感覚に酔いしれながら、ユウトは微笑んだ。暗すぎて表情まで見えないだろうと思ったのに、ディックはユウトの腿《もも》を撫でながら「楽しそうだな」と囁いた。

「ああ。俺は開放的な気分に包まれてすごく楽しい。お前は？」

「俺？　俺はいつだって楽しい。お前が一緒にいてくれるだけで、毎日が最高だ」

ディックがボンネットに肘《ひじ》をついて覆い被《かぶ》さってきた。たくましいストロークに車が揺れている。夢中で自分を貪《むさぼ》っているディックが可愛くて胸が苦しい。広い背中に両腕を回し、しっかりと抱き締める。

「ディック、愛してる……」

「俺もだ」

譫言《うわごと》のような囁きにも確かな言葉が返ってくる。それがたまらなく嬉しい。

世界はこんなにも広く、星の数ほど人間はたくさんいるけれど、こうやって命を分かち合うように深く愛し合える相手はディックだけだ。ディックしかいない。

「……ああ、ユウト。お前は素晴らしい。何もかもが最高だ。どうしていいのかわからないほど、お前を愛してる」

感極まったような声を漏らし、ディックが深く貫いてくる。愛おしいディックの欲望を内側に熱く感じながら、ユウトは恍惚《こうこつ》となりながら夜空を見上げた。

ディックの肩越しには満天の星。こんな美しい夜の中でディックに抱かれている。現実感がなく、美しい夢の中にいるようだ。

——ディック、もっと奥まで来てくれ。お前を感じたいんだ。もっと強く、激しく、魂まで混じり合うほど、お前と熱く交わりたい。俺にお前のすべてを抱かせてくれ。

やけに気分が高揚していた。自然の中でセックスしているからではないだろうが、野性的とも思える気分が漲ってくる。相手に噛《か》みつきながら睦《むつ》み合う狼《おおかみ》にでもなった気分だ。

興奮のままにディックの肩に歯を立てた。ディックが「もっと噛めよ」とそそのかしてくる。上腕を噛み、前腕を噛み、ディックが押し当ててきた親指を噛んだ。最後はかなり強く噛んだのに、ディックは痛がりもせず楽しげに笑った。

お返しだと言うようにディックの律動が激しくなった。あっという間に追い詰められ、まともな思考が吹き飛んでしまう。

「ディック、達《い》きそうだ…。もっと、強くしてくれ……。駄目だ、もう、ん……っ」

強い快感に襲われ、開いた唇からは途切れ途切れの言葉しか出なくなる。いつもはその瞬間、必ず目を閉じてしまうのに、なぜかそうできなかった。

ディックの腕の中で絶頂に達しながら、ユウトは星空を見つめ続ける。恐ろしいまでに美しい光景から、どうしても目が離せなかった。

ディックとひとつに溶け合いながら、瞬く星々の海の中へと落ちていく。

深く深く、どこまでも落ちていく。

生も死も超えた、はるか彼方《かなた》にある遠いどこかへと——。


レティの家に帰ると「ふたりともやけに汚れてるわね」と言われ、ドキッとした。

砂っぽいボンネットの上でセックスしたと言えるはずもなく、山に登ったからだと言い訳すると、「そんな格好でテーブルにつかないでちょうだい。さっさとシャワーを浴びてきなさい」と浴室に追いやられた。

ルピータはむっつりしながらも、一緒にテーブルを囲んでくれた。ユウトとディックがいない間に、レティが何か話してくれたのかもしれない。

最初は会話に加わってこなかったが、ディックがレティに聞かれるまま軍隊時代の経験を面白おかしく話していると、「嘘でしょ?」とか「そんなの怖すぎる」とか短い言葉で反応を示し始めた。

ディックは穴蔵から顔を覗《のぞ》かせた子リスをおびき出すように、「そのとき、俺がどうしたかわかる?」「まさかの事態になったんだ。なんだと思う?」などとルピータに何度も質問を投げかけ、ルピータはクイズに挑戦する回答者のように答えを口にした。

「すごい、そのとおりだ。よくわかったね。ルピータは勘がいい」

お世辞に聞こえない程度に褒めてやるのも忘れない。ディックはなかなかの策士だった。次第にルピータもカミングアウトする前のような態度で、ディックと話すようになってきた。だが時折、我に返るのか急につんとする。ディックとルピータは目に見えない綱引きでもしているようだった。

「私、もう部屋に戻る」

怒っているのにディックと話をしすぎたと思ったのか、ルピータは立ち上がった。

「ルピータ。俺たちは明日の夕方の飛行機で帰る。それまで時間があるから、ショッピングモールでも行かないか。服でも靴でもなんでもいいから、お前の好きな物を買ってやるよ」

「物で釣るつもり？」

つるんとした額にしわが寄る。そういう気持ちも少しだけあったが、「人聞きの悪いことを言うなよ」と誤魔化した。

「普段、一緒に買い物とか行けないから、会えたときくらい兄貴らしいことがしたいんだよ。買い物して、食事もしよう」

「いいじゃない。連れていってもらいなさいよ。うんとユウトに甘えてきなさいな」

レティが助け船を出してくれたが、ルピータはディックをちらっと見て「ディックも一緒なの？」と質問した。

「俺は家で待ってるから、ユウトとふたりきりで楽しんでおいで」

ディックはそう言ったが、ユウトは「いいや、三人で行く」と答えた。ルピータはむっとした顔つきになり、「勝手にすれば」と言っていなくなった。

「あの子ならもう大丈夫よ。意地を張ってるだけ」

レティが思い出し笑いを浮かべたので、「何があったの？」と尋ねた。

「ふたりがいない間にいろいろ話したのよ。最終的にはディックとユウトの関係を受け入れるって約束させたから。まあ、渋々って感じだったけどね」

「本当に？　どうやって説得したの？」

ユウトのグラスにワインを注ぎながら、レティは「説得なんかしてないわ」と笑った。

「あの子は意地っ張りだから、ご機嫌を取ってるだけじゃ駄目なのよ。ふたりの関係を認めないのはお前の勝手だけど、そしたらユウトはもう二度とこの家に来ないかもしれない、それでもいいのかって脅してやったわ。逆にお前が受け入れるなら、きっとこれからはふたりでちょくちょく遊びに来てくれる、どっちがいい？　って聞いたら、遊びに来るほうがいいって答えた。だったらディックとも仲良くしなさいって言ってやった」

「さすがはルピータのママですね。扱い方がよくわかってる」

ディックの言葉にレティは「当然よ」とウインクした。

「そういうわけだから、もっと遊びに来ないと駄目よ。もちろんディックも一緒にね。……ねえ、ディック。これからは私とルピータを自分の家族だと思ってちょうだい」

ディックは驚いたようにレティを見つめた。

「いいんですか？　今日初めて会った相手なのに」

「会うのは初めてだけど、あなたのことは前から聞いて知っていたわ。それに何よりユウトの最愛の人だもの。ユウトの大事な人は、私たちにとっても大事な人よ」

ディックは「ありがとうございます」と答え、ユウトを見た。ユウトは頷いてディックの手を握った。ディックの青い瞳はかすかに潤んでいるように見えた。


夜、トイレに行きたくなって目が覚めたユウトは、部屋に戻ろうとして、リビングの明かりに気づいた。覗いてみると、レティがソファーに座って何かを読んでいた。

「まだ起きてるの？」

隣に腰を下ろして手元を覗き込む。古びた分厚い日記帳だった。筆跡に見覚えがある。

「それ、もしかして親父の？」

「ええ。ヨシが生前つけていた日記帳よ。これは私と再婚する前のもので、結婚するときに渡されたの。ヨシは言ったわ。君と出会う前の自分のこと、亡くなった奥さんのこと、ユウトの成長が記されている。よかったら君に持っていてもらいたいって。すごくびっくりした。普通は日記なんて誰にも見られたくないものでしょう？　なのにあの人は私にくれたの。私になんの隠し事もしたくないと思っていたんでしょうね。その誠実さが嬉しかった」

　かすかに黄ばんだ紙にヨシの文字が綴られている。レティは亡き夫の書いた字を愛おしそうに指先で撫でてから、そっと日記帳を閉じた。

「この日記帳、あなたにあげる。これからはユウトが持ってなさい」

　突然の申し出に驚き、「俺が？　どうして？」と理由を尋ねた。

「ヨシがどんなふうにあなたのお母さまを愛し、息子を愛していたのかが、ここに書いてあるからよ。親の日記なんて読むのは気恥ずかしいかもしれないけど、あなたももう大人だし、何が書いてあっても受け止められるでしょう？　ちょうど今のユウトと同じ年くらいのヨシの気持ちも綴ってある。読めばヨシのこと、今よりもっと理解できると思うわ」

　手渡された日記はずっしりと重かった。開くとどのページにもびっしりと文字が書き込まれている。懐かしい父親の文字を見ていたら、ひどく切なくなった。

「……この前、親父の夢を見たんだ。なぜか俺の家にいて、ディックはいい奴だけど子供は産めないから、早く女と結婚しろって説教された」

「ふふ。ヨシなら言いそうね。あの人はいつも子供たちの幸せを願ってた。それだけは間違いない。本当にいい父親だったわ。そうでしょ？」

　レティの優しい微笑みを見ていたら、急に子供の頃に戻ってしまったような気持ちになり、涙が出そうになった。唇を噛んで何度も頷くユウトを、レティは両腕で抱き締めた。

「何も心配しなくていいのよ、ユウト。自由に生きなさい。たくさん笑って、たくさん愛して、幸せな気持ちをいっぱい味わいなさい。それが一番の親孝行なんだから」

背中を撫でるレティの温かい手に、心が弛緩《しかん》していく。これまで抱えていた気がかりや心配が、さらさらと溶けて流れていくのを感じた。

ユウトは身体を離し、レティをまっすぐに見つめた。

「……ありがとう、レティ。俺を許してくれて、ディックを受け入れてくれて、本当にありがとう。それから親父と結婚してくれてありがとう。俺を育ててくれてありがとう。ありがとう、ありがとう、ありがとう」

「そんなたくさんありがとうって言われたのは、生まれて初めてよ」

そう言って笑うレティの目尻に刻まれたしわは、とびきりチャーミングだった。

なんでも買ってやると言った言葉を、ショッピングモールに入って一時間で早くも後悔していた。女の買い物が大変なことを忘れていたのだ。

ディックとベンチで座っていると提案したら、ルピータは「そんなの駄目よ。一緒にいてくれなきゃ意味がないじゃない」と唇を尖らせて文句を言った。仕方なくユウトとディックは女性服売り場だの化粧品売り場だのをうろうろしては、ルピータが止まれば自分たちも所在なげに立ち尽くした。

洋服、バッグ、化粧品など、欲しいものをすべて手に入れたルピータは、嘘みたいに上機嫌になった。フードコートで遅めのランチを食べているときも、ずっとにこにこしていた。

「あとで靴を見にいってもいい？　さっき見た赤いパンプス、やっぱり欲しくなっちゃった。買ってもらったワンピースとすごく合いそうなんだもん」

「無理。もう買えない。完全に予算オーバーだ」

ディックが「だったら俺が買おう」と言い出した。ユウトは「それは駄目だ」と首を振ったが、ディックは「いいじゃないか」と取り合わない。

「その靴は俺からのプレゼントってことにすればいい」

「靴で私を買収する気？」

ルピータのきつい視線を、ディックは「そうだよ」と笑顔で受け止めた。

「俺は君と仲良くなりたいんだ。そのためだったら靴くらい何足でもプレゼントする」

「ディック、何足でもは言いすぎだ」

「いいわ。じゃあ、靴を買ってくれたら、少しだけ仲良くしてあげる」

どうやら利害は一致したらしい。ふたりは靴屋に向かって並んで歩き始めた。褒められた方法ではないが、ふたりの距離が縮まるのはいいことだ。今回はディックの好意に甘えることにしよう。

山ほど買い物をして家に帰ると、レティに「いくらなんでも買いすぎよっ」と叱られた。

「ユウトもディックも駄目じゃない。いい大人が十六歳の子供の言いなりになるなんて、情けないにもほどがあるでしょ」

「今回だけだよ。もう二度としない」

謝るユウトの隣でディックも「すみませんでした」と肩を落としている。しょんぼりしているふたりの姿が可笑《おか》しかったのか、ルピータが「ママに叱られてる」とけらけら笑った。レティの怒りの矛先《ほこさき》はルピータにも向かった。

「ルピータ！　お前も少しは反省しなさい」

「えー？　どうして私が反省しないといけないの？　なんでも買ってやるって言ったのはユウトでしょ。私は悪くないわ」

頬を膨らまして反論するルピータに、レティは怖い顔で言った。

「ユウトの優しい気持ちにつけ込んだのと同じだからよ。そういうことはね、人としてしちゃいけないの。……まったく馬鹿な子たちね」

レティは怒るだけ怒って、買い物に行ってくると言い残し出かけていった。

静まり返った部屋で最初に沈黙を破ったのはルピータだった。声を押し殺して肩を震わせている。泣いているのかと思い、顔を覗き込んだら笑っていた。

「ククク。可笑しい……っ。駄目、お腹が痛いっ。三人揃ってママに叱られちゃった。ユウトもディックも子供みたい……っ」

ルピータの大笑いが伝染したのか、ディックまで笑いだした。身体を折って笑うディックを見ていたらユウトも可笑しくなり、最後は三人で涙が出るほど爆笑した。

ルピータは「笑いすぎてお腹が痛い」と目尻に浮かんだ涙を指で拭《ぬぐ》った。

「喉《のど》が渇いちゃった。ねえ、何か飲む？」

ユウトがコーヒーを頼むと、ルピータはごく自然に「ディックは何にする？」と尋ねた。ディックは「俺もコーヒーでいい」と答えた。

「ルピータとディック、いい感じじゃないか」

ルピータがキッチンに消えてからからかうと、ディックは「当然の成り行きだな」と片方の眉尻を上げた。

「俺もルピータもお前が大好きなんだ。最初からあの子とは気が合うとわかってた」

しれっとした態度でそんなことを言うものだから、収まっていた笑いがまた込み上げてきた。

# Happiest

ダウンタウンのシビックエリアにある大きな公園を歩いていると、噴水広場のそばにスターバックスを見つけた。家を出てくる前にコーヒーを飲んだが、無性にラテを飲みたくなったディックは、ユウティのリードを広場の照明灯にくくりつけて店内に入った。

いつもどおり、トールのラテを無脂肪牛乳とエスプレッソのシングルショット入りで注文した。カップを持って薄闇に包まれた広場に戻ると、ディックの愛犬は美人の二人連れに頭を撫《な》でられ、尻尾《しっぽ》を振りたくっていた。あまりの勢いに尻まで左右に揺れている。

ディックは少し離れた場所からその様子を眺め、美人たちが立ち去ってからユウティに近づいた。犬に美醜がわかるとは思えないが、ユウティは美人とハンサムが大好きだ。

再びリードを持って公園内を歩きだす。昼間は半袖《はんそで》でも暑いほどだったが、日が落ちると途端に気温が下がり、今はパーカを羽織ってちょうどいいくらいだ。

ロサンゼルスに移り住んで何が一番よかったかと聞かれたら、迷わず気候と答えるだろう。一年の大半は晴れていて快適だし、夏は空気がからっと乾いていて過ごしやすく、冬もコートが必要なほど寒くならない。

ディックが生まれ育ったコネチカットの海沿いの街も、特別暮らしにくい場所ではなかったが、夏のじめっとした空気やみぞれの降る冬の寒さを思い出すと、ＬＡのほうが断然いいと思ってしまう。

だがLAが好きな一番の理由は、ここにユウトがいるからだ。どんなに素晴らしい街でもユウトがいなければ、そこはディックにとって住みよい場所とは言えない。

公園の向こうには、そびえ立つロサンゼルス市庁舎が見えていた。ユウトとの待ち合わせは市庁舎側なので、散歩がてらのんびり歩いていく。ユウトは今、高校時代の友人の結婚披露宴に出席している。会場のレストランがこの近くにあり、行きは友人の車に乗せてもらい、帰りはディックが迎えに来ることになっていた。

芝生の広場まで来るとユウティがそわそわし始めた。辺りはすっかり暗くなり、周囲に人影はない。誰の迷惑にもならないだろうと判断してリードを外してやった。

ベンチに腰かけてラテを飲みながら持ってきたボールを投げてやると、ユウティは猛ダッシュでボールを取りに行き、大急ぎで咥《くわ》えて戻ってきた。何度繰り返しても飽きないらしく、その遊びを延々と繰り返す。

予定では七時の待ち合わせだが、パーティーを抜け出すタイミングは難しい。ユウトには前もって、ユウティと遊んでいるから遅くなっても構わないと伝えてあった。

十回ほどボールを投げた頃だった。ストリートの歩道を歩いてくるユウトの姿が見えた。手を振ろうとしたがひとりではないことに気づき、ディックは腕を下ろした。

ユウトを追いかけてきたのは華やかなワンピースを着た若い女性だった。スタイルがよく、遠目でも美人なのがわかる。きっと彼女もパーティーの参加者だろう。

ふたりはしばらく楽しげに会話していたが、途中からユウトは困ったように何度か首を振り、最後は笑顔になってふたりは別れた。

来た道を戻っていく女性と、また歩き始めるユウト。

ディックは視線を広場に戻し、全身で「早く早く！」と訴えているユウティのために、勢いよくボールを投げた。

「ディック、ごめん。遅くなった」

ユウトが小走りにやってきて、隣に腰を下ろした。前髪がセットされて額があらわになっているので、いつもと雰囲気が違う。少し光沢のあるグレーのスーツもよく似合っている。出かける際にも思ったが、ユウトは身なりをきちんと整えるほどセクシーさが増すタイプだ。

戻ってきたユウティはユウトに気づくと、咥えていたボールを落とし、もうひとりの大好きなご主人さまに飛びついた。ユウトはスーツを汚されても構わず、ユウティを撫で回している。

「結婚式はどうだった？」

「いい式とパーティーだったよ。でも長いから疲れた。早く家に帰りたい」

ふたりは立ち上がり歩きだした。結婚式のことをいくつか質問したが、ユウトは「うん」とか「まあね」とか「そんな感じ」とか、短い相槌《あいづち》を打つばかりであまり語りたがらない。さっきの女性が関係しているのかと思い、落ち着かない気分になってきた。ディックはどうしても気になってしまい、駐車場に着く前にとうとう切り出した。

「さっき女性と話していただろう？　どういう知り合いなんだ」

「見てたのか？　彼女はハンナ。高校時代の同級生だ。……その、当時つき合ってた。といっても、ほんの三か月くらいだけど。会うのは十数年ぶりだ」

あの女性はユウトの昔のガールフレンドだった。ディックはなんとか冷静を装い「なかなかの美人だったな」と冷やかすように言った。

「うん。当時も男子に人気があったし、俺も実はこっそり好きだった。そんな彼女がどういうわけか交際を申し込んできたんだ。嬉《うれ》しかったけど、それ以上にびっくりしたよ。俺なんて地味で冴《さ》えない男だったからさ」

「そんなことはないだろう。お前は顔も整っているし運動神経だっていい。冴えないタイプじゃなかったはずだ」

ユウトは「全然だよ」と苦笑した。

「十代の頃は内向的で社交性がまるでなかった。それでいて自意識過剰で今よりとんがってたし、女の子に興味を持たれるタイプからはほど遠かった。そんな俺に美人で有名なハンナが近づいてきたんだ」

どことなく怒ったような口調だ。これは何かあると思い、「美人とつき合えたのに、嫌な思い出なのか？」と尋ねた。ユウトは「最悪の思い出だよ」と眉根《まゆね》を寄せた。

「ハンナの目当てはパコだったんだ。パコのことがすごく好きだったけど、当時、パコには彼女がいて脈がなかった。それで俺を利用してパコに近づこうとしたんだ。パコは彼女に一途《いちず》でハンナにはなびかなかった。最後はハンナに謝られて、短い交際は終わった」

「そいつは……ひどい話だな」

「まったくだよ。でもパコが目当てで俺に寄ってくる女の子は昔から多かったから、俺にすればまたかって感じだった。パーティーでハンナと同じテーブルになって、最初は気まずかったけど大昔の話だし、お互いもう大人だから最後は笑い話にしてきた」

駐車場に到着して、ディックのトレイルブレイザーに乗り込んだ。エンジンをかけてからさりげなく、「彼女、お前を追いかけてきたんだろう?」と尋ねた。

「うん。今度よかったらふたりで食事でもしないかって誘われた。もちろん断ったけど」

やっぱり、という気持ちになった。あの雰囲気からそういう匂《にお》いを感じ取っていた。

もっと突っ込んで聞きたいが、きっぱり断ったというユウトにいろいろ質問するのもはばかられ、ディックの口はすっかり重くなった。

ふたりが暮らすアパートメントに帰り着き、ユウトはリビングに入るなりスーツを脱ぎ始めた。気怠げにネクタイを解くユウトを見ていたら、突然、言葉にしがたい衝動が込み上げてきて、ネクタイを握る手を咄嗟《とっさ》に摑《つか》んでいた。

ユウトは驚いたような表情で、「何？」とディックを見上げた。

「俺が脱がせてやるよ」

「え？　いいよ。自分で脱ぐから。……ディック？　ちょっと、本当にいいっててっ」

ユウトは驚いて後ずさりしたが、ディックはぐいぐい迫っていく。いつの間にかキッチンまで移動していた。冷蔵庫を背に戸惑っているユウトへと手を伸ばし、有無を言わせない強引さで背広を脱がせ、ネクタイを抜き取り、シャツのボタンを外していく。

前を開くとユウトのなめらかな肌が現れ、身体中の血が沸騰したかのように全身が熱くなった。毎日見ている身体なのに見飽きることがない。カレイドスコープを覗《のぞ》くように、その時々の状態や感情で愛《いと》おしく見えたり、美しく見えたり、たまらなく扇情的に見えたりと、喚起《かんき》される情感はさまざまだ。

止まらないディックの手はベルトを外し、パンツのファスナーを下げ、あっという間にユウトはボクサーブリーフとワイシャツを羽織っているだけの姿になった。

「なんなんだよ。ハンナの話をしたから怒ってるのか？」

ユウトは困惑しまくっている。この状態で相手が怒っていると解釈するユウトの可愛さに、思わず笑いそうになった。

「怒ってるんじゃなくて妬《や》いてるんだよ」

「どうして？　ハンナの誘いは断ったって言ってるだろう？　それに俺は彼女のことなんて、もうなんとも思ってないのに」

「わかってるよ。別に疑ったりしてない。でも妬けるんだ。俺だって高校生のお前に会ってみたい。子供には興味ないが、十代のお前はきっと最高に可愛かったんだろうな。もしも会えたら俺は、絶対に犯罪者になってしまう」

ユウトは数秒ぽかんとしてから、次に噴き出した。肩を揺らして笑っている。ただ笑っているだけなのに、そんなユウトにまた欲情を刺激され、手で両頰を持ち上げて口づけた。

「ちょ、待て……んっ、ディッ……んーっ、なんだってそんなに、ん、がっついて――」

笑っている最中にキスされたユウトは、最初のうちは嫌がって逃げようとしたが、ディックの執拗《しつよう》さに根負けして、途中からしょうがないというふうにキスを受け止めだした。

承諾を得たディックは冷蔵庫にユウトを押しつけ、本気を出して甘い唇を夢中で貪《むさぼ》った。唇を舐《な》めて啄《ついば》み、奥まで侵入して柔らかな舌を征服する。

激しいキスはセックスと同じだ。一番敏感な場所で繫《つな》がっているのだから、頭がどうにかなりそうなほど気持ちがいい。

ユウトの頰は上気して息は乱れ、黒い瞳は物欲しげに潤んでいた。

「ここでしてもいいか？」

額を押し当てながら囁《ささや》くと、ユウトは切なげな吐息を漏らし、無言のまま身体を反転させて冷蔵庫に両手をついた。

「さっきのディック、盛りがついた犬みたいだった」

立ったままキッチンで抱き合い、ベッドに移動して二度目の行為を終えたあとで、ユウトがからかうように言った。

「すまん。急に気分が盛り上がってしまった。……なあ、ユウト。これは嫉妬《しっと》じゃなくて純粋な好奇心から聞くんだが、ハンナに食事に誘われて少しは嬉しかったんじゃないのか?」

隣に横たわったユウトは「うーん、そうだな。一瞬だけときめいたかも」と正直に告白した。

「でもすぐにこれは違うってわかった。昔好きだった女の子と再会して辛《つら》くなるのもときめくのも、それは今の俺の気持ちじゃなくて、あの頃の感情をリピートしてるだけなんだよ。そこを勘違いするといろいろ大変だ。人はみんな過去を美化したがる生き物だからな」

「ロブみたいなこと言ってるぞ」

すかさず茶化したら、ユウトは「俺も思った」と笑い、ディックの肩に頬をすり寄せた。

「俺は十代の頃の自分より、今の自分のほうが好きだ。あの頃に戻りたいなんてこれっぽっちも思わないし、過去の恋愛をやり直したいとも思わない。きっぱりそう言えるのは、お前が隣にいるからだ。何度も言うけど、俺はディックと暮らしている今が一番幸せなんだよ。今日は昔の友人たちに会えて楽しかったけど、途中からは早く帰りたくて仕方がなかった。お前のいるこの家に……」

胸に温かい感情が満ちてくる。ディックは「俺も今が一番幸せだよ」と囁き、ユウトの裸の肩を抱き寄せた。

Today is a gift

ロブの家から帰る途中、ユウトはウエストサードストリート沿いにあるドミノピザに立ち寄り、ピザをテイクアウトした。

一枚はトマトソース味で、トッピングはディックが好きなペパロニ、ベーコン、角切りトマト。チーズは多めにしてもらった。もう一枚はユウトの好みで、チキンとチェダーチーズを載せたホワイトソース味にした。

ジーンズを洗う洗わないで朝から言い合いになり、嫌なムードのままディックは仕事に出かけていったから、今日はきっと反省しながら一日を過ごしたはずだ。その辺りのディックの性分は、もうわかるすぎるほどわかっている。

帰宅したディックが思い詰めた顔で謝ってきたら、「もういいから一緒にピザを食べよう」と優しく言ってやるつもりだった。ユウトが用意した許しのドミノピザを見たディックは、きっと感激しながらピザを食べるだろう。その姿を想像すると自然に唇がゆるんでしまう。

今朝はジーンズを洗おうとしたくらいで、どうして怒られなきゃいけないんだと腹を立てたが、たまにディックが不機嫌になって怒るくらいは、大目に見てやらないといけない。時々、ディックは面倒臭くなるが、基本的には優しくて愛情深い恋人なのだから。

それに自分も悪かったのだ。何度も穿《は》いたジーンズは洗って当然というか、洗わないでいるほうがどうかしているという気持ちでいたが、ロブに諭されて少し反省した。考え方は人それぞれ違うのだから、理解はできなくてもディックの価値観を尊重してあげなければ。

とはいえ、万が一、耐えがたい臭いが漂いだしたら、「その薄汚れたジーンズを選ぶか、俺を選ぶかよく考えろ」と真顔でディックに迫ってしまうかもしれないが。

自宅のアパートメントに戻ってから、留守番をしていたユウティを散歩に連れ出した。近所の公園に行って、三十分ほど一緒に走り回って戻ってきたが、まだディックは帰宅していなかった。携帯を確認したがメールは届いていない。

遅くなるときは必ず連絡をくれるのに、どうしたのだろうと思いながらシャワーを浴びて、そのあとで冷蔵庫に入っていた残り野菜でミネストローネをつくった。

八時を過ぎてもディックは帰ってこなかった。連絡もない。待っているうちに、ユウトの気持ちは悪い方向へと転がっていった。

まさか反省なんてせずに、まだ怒っているのだろうか？　だから帰ってこない？

『俺のジーンズを勝手に洗うな。前にもそう言っただろう』

ユウトの手からひったくるようにジーンズを奪い取った、ディックの不機嫌そうな顔を思い出す。すると収まっていた怒りが、またふつふつと再燃してきた。

——おい、ディック。なんでさっさと帰ってこないんだよ。こっちはロブの夕食の誘いを断って、好きでもないドミノピザを買ってきて、お前の帰りをこうして待っているっていうのに、拗《す》ねて帰宅拒否か？　それはあまりにも男らしくないぞ。

心の中でディックに文句を言っていると、玄関のドアが開く音が聞こえた。やっと帰ってきた。腹が立つから出迎えになど行ってやらない。そう決め込んで冷えたピザを温めるため、フライパンをコンロに置いたとき、スーツ姿のディックがリビングに入ってきた。

「ただいま。遅くなってすまない。ちょっとトラブルが――」

「ディック！　どうしたんだっ？　怪我《けが》してるのか？」

驚きのあまり大声が出た。ディックのワイシャツの胸に、赤い血がべったりとついていたのだ。ユウトは慌ててディックに近づき、ワイシャツとアンダーシャツをまくり上げた。腹筋が割れた腹にも、厚い大胸筋に覆われた胸にも、傷らしきものは見当たらない。

「……よかった。傷はない」

「早とちりするな。俺の血じゃない」

ディックは苦笑しながらユウトの頭にキスをした。安堵《あんど》に力が抜けて、思わず倒れ込むようにディックに抱きついた。

「びっくりした。何があったんだよ」

「俺の前を走っていた車が、信号無視で横から突っ込んできた車に交差点内で激突されて、対向車線に飛ばされたんだ。それで数台を巻き込む大事故になった。俺は無事だったから他のドライバーと手分けして負傷者を救助した。血はそのときについたらしい」

ぞっとした。ディックが追突されていた可能性もある。ユウトはもう一度、ディックを抱き締め、「無事でよかった」と安堵の息を漏らした。

「心配させてすまなかった。……お、ドミノピザがあるじゃないか」

「あ、これは……」

これは「すまない、ユウト。今朝は俺が本当に悪かった。心から反省している」と言ったら食べさせてあげるつもりでいたピザなのだが、事故の話を聞いてしまったせいか、そんなみみっちいことを言ってる場合ではない、ディックが無事帰ってきてくれたことに感謝しなければ、という気持ちになった。

「これは?」

「なんでもない。お前のために買ってきたんだ。温めておくから、シャワーを浴びてこい」

ディックは嬉しそうにユウトの頬にキスしてから浴室に消えた。

ミネストローネを温めつつ、火をつけたフライパンにピザを入れ、生地の底を中火でよく焼いた。カリッとしたらフライパンの端に水を少しだけ垂らし、ふたをして弱火のまま一分待つ。これで生地の底はカリカリで端っこはふわふわ、チーズはとろりと溶けて美味《おい》しくなった。

Tシャツ姿で戻ってきたディックは、よほど腹が減っていたのか自分の分をペロリと平らげ、スープもお代わりしたのに、まだ物足りなさそうだった。ユウトはあまり食欲が湧かなかったので、自分のピザを半分食べていいと勧めた。

食事が終わるとソファーに移動して、ディックはビールを、ユウトはワインを飲みながらテレビを見た。

「試合、見に行ったんだろう？　ドジャースは勝ったのか？」

ディックに聞かれ、「八対一で圧勝だったよ」と報告した。

「試合が終わったあと、ロブの家に寄ったんだ。またサイン会をやるんだって」

「ロブも本が売れて、最近忙しそうだな」

「そうみたいだ。でも本人は忙しいのも楽しそ——」

「あっ！」

ディックが突然、叫んだ。ディックが日常生活でこういう声を出すことは滅多にないので、ユウトのほうが驚いてしまった。

「な、何？　何かあった？」

「……今朝、俺はお前にひどい態度を取った。帰ったら真っ先に謝るつもりでいたのに、事故に遭遇したせいでうっかり忘れていた。すまない、ユウト。今朝のこともそうだし、謝るのを忘れていたことも。ああ、俺はなんて馬鹿なんだ。こんな重要なことを忘れてしまうなんて」

ディックは真剣な顔というより、もはや絶望的な目つきでユウトの両肩を掴んだ。

「ジーンズの形だの穿き心地だの、そんなどうでもいいことにこだわって、つい感情的になってお前に嫌な思いをさせてしまった。俺が全面的に悪い。心から反省している。許してくれ」

あまりに思い詰めた態度だったので、もう笑うしかなかった。ユウトの想像より三割増し必死に見える。

「いや、もういいよ。怒ってないから」

「でも俺を嫌な奴だと思っただろう？　なあユウト。正直に言ってくれ」

必死すぎるディックを見ていると、悪戯《いたずら》心が湧いてきた。

「そうだな。まあ、少しは思ったかも。ムショ時代を思い出した。出会った頃のお前は、むかつく奴だったからさ」

ディックは本気で落ち込んだようだった。がっくりと肩を落とし「昔の俺……」と呟《つぶや》いた。

これ以上、苛《いじ》めたらやばいと思い、ユウトは「嘘《うそ》だよ、嘘」とディックの顔に両手を当てて、自分のほうを向かせた。

「そりゃ、怒られたときはムカッとしたけど、今はもう怒ってないし、お前の気持ちを無視して勝手に洗おうとした俺も悪かったって反省してる。だからお詫《わ》びの気持ちもあって、ドミノピザを買ってきたんだ」

本当はそうではないが、この際、許しのピザでもお詫びのピザでも、もうどっちでもいい。

「ユウト……。こんな俺を愛してくれてありがとう」

ディックの両腕が身体に強く巻きついてくる。ディックの広い胸に包まれ、ユウトは甘い溜《た》め息《いき》を漏らした。ディックの愛情が深く伝わってくる、優しくて力強い抱擁だった。

「……事故現場をあとにして車を運転していると、急に怖くなって手が震えた。俺が事故に遭っていてもおかしくない状況だったから」

耳元で聞こえたディックの声は、恐怖を語る言葉とは裏腹にひどく悲しげだった。

「あんな事故を見たくらいで怖くなるなんて自分でも意外だった。いつ死ぬかもしれない軍人時代でも、恐怖なんて感じなかったのに。なぜだろうとずっと考えていたが、血に驚いたお前を見てわかった。俺が怖いのは死じゃなく、お前に会えなくなることなんだって」

ディックは切なそうな眼差《まなざ》しで、ユウトの瞳を覗き込んできた。そんな表情をされたらユウトまで胸が苦しくなってしまう。

「もう怖くないだろう？　ディックはちゃんと俺のところに帰ってきたんだ」

「平和ぼけすると、人間は簡単に死んでしまう生き物だってことを忘れてしまうんだな。明日も明後日も生きている保証なんて、何もないっていうの――」

ユウトはディックの顔を自分のほうに引き寄せ、唇を押しつけて黙らせた。

「明日死ぬかもじゃなく、明日も絶対に生きてると思って生活しよう。そのほうが楽しい。もし明日、地球に隕石《いんせき》が落ちて全員死ぬって言われても、俺はいつもどおりに生活したいな。お前におはようのキスをして、行ってきますのキスもして、頑張って仕事をして帰ってきたらふたりで食事をして、こうやってソファーに座ってビールでも飲みながら、ジーンズを洗う洗わないで喧嘩《けんか》したことを笑い話にするんだ」

ディックは薄く笑い、「そうだな」とユウトの頬を撫でた。

「素敵な過ごし方だ。でも俺は明日が地球最後の日なら、仕事になんか行かないでずっとベッドの中にいる」

「怠け者だな」

「怠け者じゃない。その反対だ。俺はベッドの中で死ぬほど頑張るつもりでいるんだから」

ディックの言わんとしていることに気づき、ユウトは頬を赤らめた。

「バ、バカっ。そんなの頑張らなくていいんだよっ」

「いいや、頑張るさ。俺は朝から晩までお前を抱き続ける。地球最後の日なんだから、翌日、足腰が立たなくなる心配だってしなくていい。好きなだけやれるチャンスだ。お前がもう嫌だって泣いて頼んでも聞いてやらないぞ。覚悟しておけ」

ディックはにやにや笑いながら、ユウトの顔にキスの雨を降らし始めた。しまいには犬みたいに頬を舐めてくるので抵抗したが逃げられず、途中からは奥まで奪われる激しいキスに呑《の》み込まれた。

そうなるとユウトの息も甘く乱れてしまい、気がつけば積極的に舌を動かし、ディックの髪をくしゃくしゃにかき回していた。

ようやくキスが途切れたので、ディックの耳元で「なあ、ディック」と囁いた。

「ひとまず、今晩、頑張るっていうのはどうだ?」

「いい提案だ。お前が望むならいくらでも頑張ってやる」

ディックに勢いよく抱き上げられたユウトは、たくましい腰に慌てて足を巻きつけた。

# エドワード・ボスコの怠惰な休日

浅い眠りの中でうとうとしていると、額に温かな感触を覚えた。寝ぼけながらもダグのキスだと気づいたルイスは、どうにか重い瞼《まぶた》を開いた。

「あ、すみません。起こしちゃいましたね」

さっきまで一緒に寝ていたと思っていたダグが、スーツ姿でルイスの顔を覗き込んでいた。

「……あれ。もうそんな時間？」

身体を起こそうとしたルイスの肩を、ダグは「寝ててください」と優しく押した。

「大変だった仕事も終わったことだし、ゆっくり休んでください。行ってきます」

今度は唇にキスをして、ダグは寝室を出ていった。ルイスは申し訳ないと思いながらも、仕事に向かうダグをベッドの中から見送った。

難航していた長編をやっと書き上げたせいか、どうにも気が抜けて起きる気がしない。しばらく急ぎの仕事もないのだし、ダグの言うとおり今日はゆっくり過ごそうと思い、至福の二度寝に突入した。

次に目が覚めたらもう昼だった。寝すぎて腰が痛くなってきたので、ベッドを出て一階へと下りた。

リビングルームの南側は一面が窓になっている。雲ひとつない青い空が目に眩《まぶ》しくて、ルイスはパジャマ姿でサングラスをかけた。キッチンの棚からミネラルウォーターのペットボトルを一本出して、ＬＡの街が一望できるテラスへと出る。

ダウンタウンのビル群が遠くに見えている。

ダグが働くロス市警本部もあの辺りにあるから、ルイスはここから眺める景色が大好きだった。しばらく景色を楽しんでから部屋に入り、ダイニングテーブルでノートパソコンを起動させた。エージェントからサイン会や講演会の打診が来ていたが、いつもどおりすべて断ってくれと返事を書いた。

メールアドレスは公開していないし、ブログやＳＮＳの類《たぐ》いもいっさいやっていないから日常的に届くメールは少ない。今の時代にそぐわないとわかっているが、自分の時間を邪魔するものとは距離を置きたい性格なので仕方ない。

書評サイトを見ていると自分の著書に関する批評を見かけた。ルイスはそういったものをいっさい読まない。売れない作家だった頃は批評や読者の感想に一喜一憂したものだが、今はそういうものに振り回されている暇はないと考え、出版社宛に届く手紙以外は読まないようにしている。

百人の読者がいれば百の感想がある。どれが正しいわけでも間違っているわけでもなく、ただ個人の意見がそこにあるだけだ。それらは読者のものであって作家がいちいち聞き入れて作品に反映していれば、小説なんてものは書けなくなってしまう。

言うなれば料理と同じだ。客のもっと甘くしろ辛くしろというそれぞれの好みを聞いてつくってしまえば、わけのわからない料理になる。料理人は自分の舌だけを頼りに、自分の目指す料理をつくりあげていくしかない。

嫌になるほど孤独な仕事だ。

ひとりで考え、ひとりでひたすら書き続け、すべての評価をひとりで受け止める。制作の苦労や喜びを分かち合う相手もいない。しかしルイスは他人と共同作業をするのは苦手なので、どんなに孤独でも作家になってよかったと思っている。

物語は自分の中から生まれ、自分の中で完結する。他人の介入を許容することはない。

孤独に慣れ親しみすぎて、自分は孤独を伴侶《はんりょ》として生きていくのだと思っていた。恋人ができても根本的な孤独は消え去らないし、そもそも恋愛に過度の期待は持つべきではないと自分に言い聞かせてきた。

けれどダグと出会ってから変化があった。

執筆中は孤独でも、物語を紡ぎ終えて現実に帰ってくるとダグがいる。その大きな安心感はルイスの冷えた心を温める毛布のようなもので、今まで感じたことのない幸せな気分をもたらしてくれるのだ。

作家として成功するほど、心のどこかで私生活で満たされてしまうことを恐れていた。この成功は孤独と引き換えに手にしたものだと考えていたのかもしれない。でも今は違う。幸せで満たされていても書く熱意は損なわれないし、むしろダグのおかげで心にゆとりができて、それが執筆にもいい影響を与えている。

空腹を覚えたルイスは、キッチンに行って冷凍のラザニアをオーブンで焼いた。焼き上がると再びテラスに出て、外のテーブルで食べた。

一緒にワインを一杯だけ飲む。昼間から飲む酒はなぜこうもうまいのか。だが一杯で終わりだと自分に言い聞かせた。

ルイスは一時期、酒量が増えて依存症の一歩手前までいったことがある。ダグのためにも、今は節度ある飲酒を心がけていた。羽目を外して飲むのは、ダグと一緒のときだけだ。

今日は掃除もサボってしまおうと決め、ダイエットコークとケトルのポテトチップスを用意して、ソファーに寝転びながら映画やドラマを観た。すっかり夢中になって何本も観ていたら、スモーキーが鳴きながらソファーに飛び乗ってきた。ニャーニャーうるさく鳴くので時計を見ると、餌《えさ》の時間だった。外は日が暮れてすっかり薄暗くなっている。

「ごめんごめん、すぐ用意するよ」

キッチンに行ってスモーキーの餌の缶詰を開け、ステンレスの餌皿に入れた。さっそく食べ始めたスモーキーを眺めていると、ダグから今日は早く帰れそうだというメールが届いた。これから中華料理店でテイクアウトして帰るから、夕食の準備はしなくていいです、とも。

さすがにパジャマのままというわけにはいかないので、部屋着に着替えて帰宅したダグを出迎えた。ダグがこんな時間に帰ってくるのは珍しい。

「ただいま。待たせてすみません」

「お帰り。全然だよ」

キスとハグをしてから、ダグが買ってきた料理をテーブルに並べた。着替えてくればいいと言ったが、ダグはルイスが空腹だと思ったのか「先に食べましょう」と背広を脱いで椅子に座った。

実を言えばポテトチップスを食べすぎてそれほど腹は減っていなかったが、ダグの優しさに応えたくて「嬉しいよ。ちょうど中華料理が食べたかったんだ」とルイスは箸《はし》を持った。焼きそば、炒飯《チャーハン》、クンパオチキンなどをシェアして食べた。

「今日は何してました？　ゆっくりできましたか？」

「ああ。昼まで寝て、午後は映画やドラマを観て過ごした。ごろごろして何もしない怠惰な一日だったよ」

「そういう時間も必要です。新作の執筆が始まったら、気の休まらない日々がまた長く続くんだし」

ダグの優しさに触れるたび、ルイスは心から幸せを感じる。小説を書いて大勢の人に認められるより、たったひとりの人間から向けられる優しさのほうが嬉しいなんて、以前なら考えられなかった。

「ダグ。書き上がった新作、読んでみる?」

「ええっ?　いいんですか?」

食後に切り出すと、ダグは飛び上がらんばかりに驚いた。

「少し寝かせて推敲《すいこう》してから読ませてくれるって言ってましたよね」

「気が変わった。やっぱり早く読んでほしくなったんだ。もし意見があれば聞いてみたいし」

書斎からプリントアウトした原稿を持ってくると、ダグの息が荒くなった。

「本当にいいんですか?　エドワード・ボスコの新作を、まだ誰も読んでいない原稿を、俺が読んでしまっても……?」

「いいよ。ゆっくり読んで。コーヒーを淹《い》れてくるね」

ダグは神聖なものに触れるみたいに、まず紙の表面を端から端まで撫でた。笑いそうになるのをこらえ、キッチンでコーヒーを淹れて戻ってくると、ダグはもうすっかり夢中になって読んでいた。

文字を追って目が左から右、右から左、へとせわしなく動いている。そっとコーヒーカップを置き、ルイスはソファーに移動してワイヤレスヘッドホンを耳につけ、ドラマの続きを観始めた。

夜中になってもまだ読んでいるので、さすがにつき合っていられなくなり、ルイスは先に寝室へと引き上げた。うとうとし始めた頃、強く肩を揺さぶられて目が覚めた。

「ルイス！　読みましたっ。最高に面白かったです！　ああ、どうしよう、興奮して眠れない。ちょっと話をさせてくださいっ」

ダグは横たわっているルイスの上にのしかかり、どこが面白かったのかを熱く語り始めた。あまりに絶賛するので疑わしい気持ちになり、「お世辞は好きじゃないよ」と言ったら「俺は小説に関しては、お世辞なんて言いませんよ」と怒られた。

「プロットもよく練られていましたが、なんといってもヒロインのステラが魅力的でした。前作より人間臭くなっていて、クールなんだけど他者への慈しみや愛情を持っているのがわかって、だからこそ彼女の冷たい言葉にもぐっとくるっていうか。とにかくラストシーンは泣けました。あんな強くて孤独で、でも応援したくなるヒロインは他にいません。……なんだかルイスと重なってしまいました」

「やめてくれよ。俺は登場人物に自分を投影したりしない」

「わかってます。これは俺の勝手な考えなんです。でもルイスを愛おしく思うように、ステラのことも愛おしく思えたんです。とにかく物語の中にずっといたいって思いました。早く続きが読みたいのに、終わってしまうのが嫌で最後の数ページは苦しいほどでした」

ダグはルイスの隣にごろんと横になると、興奮冷めやらぬ顔で「いい作品だった」と呟いた。

「引っかかった部分はなかった？　ここはちょっとって感じる部分は？」

「正直に言えば何箇所かありました。でも些細《ささい》な部分です」

「それ、明日でいいから教えてほしい。推敲の際の参考にするから」

ルイスはダグの読者としての読解力を高く評価している。信頼している相手からの意見はちゃんと聞いておきたかった。だがひとまず熱心なファンであるダグの及第点はもらえたらしい。

「君に満足してもらえてよかった。俺は君が――」

突然、キスされて喋《しゃべ》れなくなった。ダグはルイスを強く抱き締め、乱暴なキスを続けた。ダグがこんなふうになるのは珍しい。

「苦しいよ、ダグ」

「あ、すみません。俺の好きなボスコはやっぱり最高の作家だって思ったら、なんだか気持ちが高ぶってしまって」

嬉しそうな顔ではしゃぐダグが、子供みたいに見えて可笑《おか》しくなった。

「ちょっと聞きたいんだけどさ。ボスコより俺のほうが好き？」

「え？　同じ人じゃないですか」

「誤魔化すなよ。俺とボスコ、どっちのほうが好きなんだ？」

ダグは困ったように「変なこと聞かないでください」と眉根を寄せた。

「俺はボスコとルイスを分けて考えたことないんですから。でもどっちか選べっていうなら決まっていますよ。ルイスです。あなたが作家をやめても関係なく愛しています。ボスコのファンであることはやめられても、ルイスを愛することはやめられない」

望んだ――いや、それ以上の答えが返ってきた。ルイスはダグに抱きついた。

「今の素敵な言葉、いつか小説の中で使ってもいい？」

「ええっ？　それは困りますっ」

冗談で言ったのにダグは本気で驚いて焦っていた。そんな姿が可愛くて愛おしくて、ルイスはダグの頭を引き寄せてキスをした。

Did you have a good time?

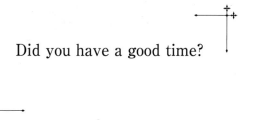

「ユウト、もう出られそうか？」

ディックが部屋に入ってきたとき、ユウトは鏡の前でネクタイを結び終えたところだった。鏡越しに目が合うと、ディックは「いいな、そのネクタイ」と口元をゆるませた。

「派手じゃないかな？」

「全然。お前の黒髪によく似合う素敵な色だ。トーニャはセンスがいい」

ディックはユウトに近づいてネクタイに手を伸ばし、長い指で歪みを整えた。

今年の誕生日にパコとトーニャからプレゼントされたのは、エルメスのシルクのネクタイだった。深みのあるワインレッドでとてもきれいな色だが、ユウトはあまりスーツを着ないので今まで出番がなかった。今日はパーティーだからつけてみたのだ。

「ディックは本当に仕事用のスーツでいいのか？」

「そういうお達しだ。俺たち社員はホスト役だからな」

地味な黒いスーツでもディックは十分すぎるほど、いや、完璧《かんぺき》なまでに格好いい。美しい金髪。澄んだ湖面を思わせる青い瞳。見事な筋肉に覆われた引き締まった身体。男らしく整った風貌《ふうぼう》はシャープでありながら甘さもある。要するにただのハンサムではなく、とびきりのハンサムということだ。

今夜はディックが勤務する民間警備会社、ビーエムズ・セキュリティの設立二十周年パーティーに参加することになっていた。ビーエムズ・セキュリティには容姿の優れたボディーガードが揃《そろ》っている。彼らはセレブや有名人から人気があり、常に引っ張りだこだ。

「顧客が多く来るんだろう？　本当に俺なんかが参加してもいいのかな」

「社員はこき使っても、社員の家族にはのんびりパーティーを楽しんでもらいたいっていうのが、我らがブライアンの考えだ」

家族。いい響きだ。ユウトとディックは同居している恋人同士だが、同時に家族でもある。結婚はしていなくても死ぬまで人生を共にすることを誓い合っている。

「俺は顧客の相手で忙しいが、ヨシュアとロブも来る。ヨシュアは黒スーツ着用を免れたから、彼らと一緒に楽しんでくれ」

ディックの同僚だったヨシュアは、ひょんなことから有名な映画監督であるジャン・コルヴィッチにスカウトされ、彼の映画に出演することになった。まだ公開はされていないが、本格的に俳優を目指すことになったヨシュアは、今はボディーガードの仕事をしていない。

しかし社長のブライアン・ヒルはヨシュアの俳優転向は会社にとってもプラスになると考え、休職扱いにして籍を残してくれたのだ。

「さあ、行こう」

「ちょっと待ってくれ、ディック。髪をセットしないか？」

ユウトの提案にディックは不思議そうな表情を浮かべ、「なぜ?」と言った。

「前髪を上げたディックが見たいから」

「風呂上がりはいつも上げてる」

「そういうのと違うだろ。スーツで髪をセットするのはさ」

ディックは「お前がそう言うのなら」と肩をすくめた。ユウトはにんまり笑い、整髪剤を手につけてディックの前髪を両手でかき上げた。すっきりした額があらわになると、セクシーさが三割増しになる。仕上げに櫛《くし》を持ち、きれいな櫛目が出るように整えた。

「いい感じ。すごくハンサムだ。タキシードならもっとよかったのに」

「俺はお前のタキシード姿が見たい。お前の髪も俺がセットしてやろうか?」

ディックの手が優しく前髪をかき上げてくる。額を出すのがあまり好きではないユウトは、「俺はいいよ。もう行こう」と慌てて逃げた。

部屋を出て、リビングの隅で寝ているユウティに「行ってくるよ」と声をかけたが、留守番がわかっているのでそっぽを向かれてしまった。

仕事に出かけるときは、必ず尻尾を振って見送ってくれるのに、それ以外の外出だと連れていってもらえないのがショックらしく、いつも拗ねてしまうのだ。

「ユウティに無視された」

ディックは不貞寝《ふてね》しているユウティを一瞥《いちべつ》し、「気にするな」とユウトの肩を抱いた。

「留守番の埋め合わせに、昼間は公園で散々遊んでやったじゃないか。餌だっていつもよりいいフードを食べさせた」

「そういう人間の都合は、ユウティにはわからないと思うけど」

「わかってもらうしかないな。人でも犬でも人生には我慢がつきものだ」

玄関へと向かいながら「へえ。じゃあ、ディックも何か我慢しているのか?」と尋ねると、ディックは「もちろんだ」と頷《うなず》いた。

「ちなみに今はスーツ姿が最高にセクシーな恋人をベッドに連れていきたいけど、時間がないから必死で我慢してる」

真面目《まじめ》な顔つきで言うものだから、玄関のドアを開けながら噴き出してしまった。


「そこのふたり、待ってて。こっちだよ、こっち!」

ホテルのバンケットホールの前で声をかけてきたのは、友人のロブ・コナーズだった。隣には彼のパートナー、ヨシュア・ブラッドがいた。

「会場に入る前に会えてよかった。探す手間が省けたよ。思ったより人が多くてびっくりしていたんだ」

ロブは笑顔が魅力的なハンサムだが、饒舌《じょうぜつ》で陽気なせいか喋った途端、三枚目な雰囲気になってしまう。

「こんばんは、ディック。ユウトも。会えて嬉しいです」

礼儀正しいヨシュアはきちんと挨拶《あいさつ》した。タクシーを止めるみたいに雑な呼び止め方をした犯罪学者の恋人とは大違いだ。

「ヨシュアはどうして黒いスーツを着ているんだ？」

不思議に思って尋ねた。ヨシュアはディックと同じく、仕事用のスーツ姿で来ていたのだ。ディックとはタイプが違えど彼もどういう格好をしていようが、周囲の視線を引きつけるとびきり美しい青年だ。

「私もパーティーのお手伝いがしたくてこのスーツで来ました。いいですよね、ディック？」

「そりゃ助かるが本当にいいのか？　ロブと楽しく過ごせばいいのに」

「ヨシュアはブライアンへの感謝の気持ちを、行動で示したいんだよ。ね？」

ロブの言葉にヨシュアは「はい」と頷いた。

ディックとヨシュアはスタッフ同士の打ち合わせがあるため、その場から去っていった。ユウトとロブは受付が始まったので招待状を見せて会場へと入った。

「ユウト、見て。あそこにいるの、女優のポーラ・レイダーと恋人のマック・ハーベイだ」

ロブの視線の先に目を向け、「そうみたいだな」とユウトは頷《うなず》いた。

「ゴシップニュースでふたりは別れたと言ってたけど、仲良さそうじゃないか。あ、あっちにはレイチェル・コーディがいる」

大富豪の娘でお騒がせセレブとして有名な女性だ。派手なドレスを身につけている。

「シドニー・ハントもいるよ。すごいな」

シドニーはゲイであることを公言しているロック歌手だ。年齢は二十代半ばくらい。自由奔放な言動は何かと物議を醸しているが、若者にはカリスマ的人気がある。

ファンというほどではないが、好きな歌はいくつかある歌手だから姿を探したが、どこにいるのかユウトにはわからなかった。

「ブライアンは本当にやり手だよね。有名人やセレブは疑い深いし扱いづらい人種だろうに、すごく信頼されてる。彼のマネージメント力の賜物《たまもの》だ」

「どういう意味？」

「ボディーガードは顧客のプライバシーや秘密を知ってしまうことが多いから、その気になればスキャンダルをゴシップ誌に売り込むことだってできる。でもビーエムズ・セキュリティは、そういった不祥事を一度も起こしていないそうだ。ボディーガードたちの教育と管理が行き届いている証拠だよ。だから顧客にも信頼されている」

容姿のよさを売りにしているせいで誤解されることもあるが、ビーエムズ・セキュリティのボディーガードたちはみんな優秀だ。ディックもよく仲間を褒めている。きっと採用時のブライアンの見極めも素晴らしいのだろう。

パーティー会場は次第に多くの招待客で埋まり、開始時刻になるとタキシード姿のブライアンが壇上に姿を現した。少し前からダイエットに励んでいるそうだが立派な腹は健在で、残念ながらまだ成果は出ていないようだ。

ブライアンはユーモアとウイットに富んだ言葉で会場を沸かせ、最後に顧客と社員への感謝と賛辞を惜しみなく語り、大きな拍手を浴びて挨拶を終えた。

乾杯が終わるとボディーガードたちは、全員モールのついた金色の三角帽子を頭に被《かぶ》った。目立つ格好で会場内を歩き、見知った顧客がいればにこやかに声をかけたり、逆に声をかけられて話し込んだりと、なかなか忙しそうだ。

「ヨシュア、大丈夫かな？　ああいうの苦手だろう？」

「演技の練習になるんじゃないかって言ったら、張り切っていたから大丈夫じゃないかな。素の自分のままで演技をするのは苦手だけど、役があると気が楽になるみたいだ。……あ、あそこにいた」

人混みの向こうにヨシュアがいた。ウエイターでもないのにトレイに載せた飲み物を客たちに配っている。あまり自然ではないものの、わかりやすい笑顔を張りつかせて頑張っていた。差し詰め今夜の配役は、にこやかなウエイターといったところだろうか。

「うちの子が一番可愛いなぁ。写真を撮っておかなきゃ」

携帯を取りだしてヨシュアを盗撮するロブを見ていたら、誰かに肩を叩《たた》かれた。

「ユウト、ロブ、こんばんは」

振り向くとダグが立っていた。長身のダグの隣には、眠そうな顔つきのルイス。

人気作家のルイスは締め切り前で行けるかどうかわからないと言っていたが、どうやら仕事は無事に終わったらしい。

「やあ、ダグ。ルイスは仕事が終わったの？」

ロブの質問にルイスは「どうにかかね」と肩をすくめた。

「パーティーは好きじゃないけど、君たちに会いたくて来たんだ。……ユウト、ハグしてくれ。頑張った俺をねぎらってほしい」

ルイスが両腕を広げたのでユウトは困惑した。普段こんなことを言う男ではないのにどうしたのだろう。しかし拒否する理由もない。ユウトはルイスを軽く抱き締め、「ルイス、お疲れさま」と背中をぽんぽんと叩いてやった。

「うーん。ユウトの声って癒《い》やされるな。頼む、その声でもっと俺を褒めてくれ」

仕事のしすぎでおかしくなってしまったのだろうか。一抹の不安に駆られていると、ルイスはくすくす笑いながら抱擁を解いて「驚かせてごめん」と謝った。

「君を大好きな男がこっちを見ていたから、からかってやりたくなってさ。あそこ」

ルイスがクイッと親指を向けた方角には、例の三角帽子を被ったディックがいた。女性客の相手をしながらこちらを見ている。ユウトと目が合うと、「なんだってルイスと抱き合っていたんだ?」と問うように眉根を寄せた。

「ルイス、君ってひどい男だな。ディックの奴、可哀想に仕事が手につかなくなるぞ」

「いいじゃないか、ロブ。深く愛し合う恋人同士にも、時には刺激が必要だ。フフフ」

ルイスはいつになく楽しそうだった。四人で料理を食べたり、シャンパンやワインを飲んだりして楽しく過ごしていると、ブライアンがやってきた。

「やあ、ガイズ。お揃いだね。楽しんでいるかな?」

「ええ、もちろん。今夜はお招きいただきありがとうございます。いいスピーチでしたね」

「ありがとう、ロブ。ユウトも早くうちに転職してくれよ。我が社にはまだアジアンビューティのボディーガードがいないんだ。君にはぜひ第一号になってもらいたい」

また始まった。ブライアンはユウトをスカウトしたがっていて、会うたび誘い文句を口にするのだ。

「俺はまだまだ警察官を続けます。そうだ、ダグなんかどうです? 腕のいい警察官だし、このとおりハンサムですよ」

「ほお、君も警察官なのか。いい体格をしているね。うちに転職すれば、収入は今より確実によくなる。約束するよ」

ダグは「覚えておきます」と苦笑を浮かべてブライアンと握手を交わした。ルイスが「彼は俺の恋人なんだ」と明かすと、ブライアンは「お似合いだね」とにっこり微笑《ほほえ》んだ。

「ディックがシドニー・ハントに口説かれてる」

飲み物を取りに行ったルイスが戻ってくるなり、しかめ面で言い出した。ロブが「どこ?」と食いつき、ルイスが「こっちだ」と案内する。

「ユウト、どうする……?」

ダグが気づかうような視線を投げてくる。

ユウトは「俺も行く」と答えてルイスのあとを追った。ルイスとロブに追いついたユウトは、足を止めてふたりの視線の先を辿《たど》った。

ディックとシドニーは壁際に立って話をしていた。シドニーは一部をピンクに染めた長めの金髪を後ろで束ね、光沢のある黒いスーツをノーネクタイで着崩していた。シャツが大きくはだけた胸の上で、金のネックレスが揺れている。普段の格好よりは地味なスタイルだが、ただ者ではないオーラが漂っていた。

さすがはスターだと思ったが、シドニーが親しげにディックの腕に触れたのを見た瞬間、感心は吹き飛んでしまった。

軽く叩く程度なら気にしないが、シドニーの手はディックの二の腕から手首までを、意味ありげにゆっくりと撫で下ろしたのだ。

「確かに誘惑してるね、あれは」

「だろう？　ユウト、ディックはシドニーと親しいのか？」

そんな話は聞いたことがなかったので、ユウトは「知らない」と首を振った。

ちょうどそこにトレイを持ったヨシュアがやってきて、「皆さん、飲み物は足りていますか？」とロボットのような笑顔で話しかけてきた。

「俺たちには演技しなくていいよ、ハニー。ちょっと聞きたいことがあるんだけど」

ロブの言葉にヨシュアは張りついた笑顔を消し去り、小さく息を吐いた。

「なんですか？」

「あそこにディックとシドニー・ハントがいるんだけど、ふたりは知り合いなのかな？」

「ディックは以前、ハント氏の警護を担当したことがあります。ですがハント氏がディックを気に入りすぎてトラブルに発展しそうだったので、社長がディックの内勤異動を理由に他のボディーガードを派遣すると申し出ると、依頼をキャンセルされました」

ヨシュアの説明を聞いて、ロブは「なるほど、わかりやすいね」と眉をつり上げた。

「ディックはクールだな。露骨に迫られているのに焦った様子もない」

ルイスの感想を聞いたダグが、「営業用の笑顔も余裕でキープしてますね」と補足する。

「ユウト。シドニーに『俺の恋人にちょっかいを出すな』って言ってやれよ」

突然のルイスの言葉に驚いてしまった。

「えっ？　いや、でもシドニーは顧客だし、ディックが丁寧に対応しているのに、俺がしゃしゃり出るわけにはいかないよ」

「ユウトって嫉妬とかしない人？」

ルイスは腕を組み、まじまじとユウトを見つめた。

お前に人の心はないのかと言われたようで、思わず「するに決まってるだろう」と強い口調で言い返してしまった。

「だったらあれを見て、むかついたりしないわけ？」

顎《あご》をクイッと動かしたルイスにつられて再び目を向けると、シドニーはディックの耳元に唇を寄せて何か囁いていた。ディックは困ったような笑みを浮かべて頷いている。

ふたりの急接近に胸の奥がちりちりと痛んだが、ユウトにはわかる。ディックは内心で迷惑がっている。

「むかつくけど、ディックの仕事の邪魔はしたくない」

「今日の接待は余興みたいなものじゃないか。邪魔したっていいさ。ロブはどう思う？」

「俺はユウトの気持ちを尊重する。彼はいつだって正しくあろうと努めている。その理性と意志の強さは尊敬に値する。……でも、たまには正しくないことをしたっていいと思うけどね」

ロブがニヤッと笑ってウインクした。ルイスも隣で「そうそう」と頷く。

「……じゃあ、ちょっと行ってこようかな」

ルイスはロブとハイタッチをして、「よし、いいぞ。やっちまえ」とまるで野球場で野次を飛ばす酔っ払いのように囃《はや》し立《た》ててきた。

今夜のルイスは変だ。まさか薬でも決めているのでは、と不安になってきて、ダグに「ルイスはどうしたの？」と小声で尋ねた。

「寝不足と仕事が終わった解放感、そこにアルコールが入ってハイになってるんだと思う」

やれやれと思って再びディックに目を向けると、シドニーの行動はさらにエスカレートしていた。ディックと腕を組んでいたのだ。外に出ようと誘っているようにも見える。

さすがにこれは許せない。一歩踏み出そうとしたそのとき、目の前にワイングラスが差し出された。ヨシュアだった。

「景気づけに一杯どうぞ」

これはヨシュアなりのエールなのか。なんだかよくわからないが、応援なら受け取るしかあるまいと思い、ユウトはワインをぐいっと飲み干した。

「頑張れ、ユウト」

ルイスに背中を叩かれ、ロブには「一発かましてこいよ」と尻を叩かれた。ふたりしてボクシングのセコンドみたいだ。

だったら自分はリングに上がるボクサーか。

ユウトも少し酔っているので、段々と気分が盛り上がってきた。有名な歌手だか知らないが、ディックは俺の恋人だ。勝手に触れるなんて許さない。ディックにベタベタしていいのは俺だけだ。ディックは俺のものなんだから。

――おい、ディックから離れろ。彼は俺の恋人だ。

そう言ってやるつもりで意気揚々と近づいていったものの、ディックと目が合った瞬間、本来の控え目な性格が頭をもたげ、やっぱりいきなり喧嘩腰はよくないよな、と考えてしまった。

「ユウト?」

「や、やあ、ディック。邪魔だったかな?」

「いや、全然。……シドニー。もう行くよ。会えて楽しかった」

ディックに腕を解かれたシドニーは、「まだいいだろう?」と不服そうに唇を尖《とが》らせた。

「久しぶりに会えたんだから、もっと話がしたい。近くにいい店があるんだ。パーティーが終わったら一緒に食事でもどう?」

「悪いが先約があるんだ」

「その彼と?」

シドニーのユウトを見る目は、あからさまに棘《とげ》があった。ディックは一瞬迷ったようだが、

「まあそうだな」と頷いた。

「もしかして、ディックの恋人ってあんた?」

どう答えようかと迷ってディックを見たら、構わないという表情だったので「そうだよ」と

答えた。シドニーは「ふうん」と敵意のある眼差しで、ユウトを舐め回すように眺めた。

「ディックを夢中にさせるくらいだから、すごくいい男に違いないって思ってたけど、アジア人だったのか。なんだかがっかり」

明らかな人種差別発言だ。いい曲を歌うアーティストなだけに、腹が立つより悲しくなった。

「……行こう、ユウト」

ディックがユウトの肩を抱いて歩きだした。シドニーが「待ってよ」と追いすがってくる。

「もうすぐライブがあるんだ。チケットを送るから来てよ」

「行かない。差別主義者の歌なんて聴きたくない」

ディックの冷たい態度に驚いたのか、シドニーは「違うよ、俺はそんなんじゃない」と慌てて弁明した。

「さっきの発言は謝るよ。そういうつもりで言ったんじゃないんだ」

「君がどういうつもりでも関係ない。俺の恋人を侮辱したことは事実だ。悪いが二度と俺に話しかけないでくれ。迷惑だ」

シドニーに向けるディックの眼差しは、身震いするほど冷たかった。本気で怒っている。シドニーもそれ以上は何も言えなくなったのか追いかけてこなかった。ユウトはディックに腕を引かれながら、反対の方向へと足早に去っていく後ろ姿を見送った。

「ディック、本当にいいのか？　シドニーは会社の客なんだろう？」

「そう思って我慢していたが、お前を貶《おとし》めるなら話は別だ」

「ユウト、何がどうなったんだ？」

ロブたちが近づいてきた。事情を説明すると、ルイスは「なんだ」と残念そうに言った。

「じゃあ、俺の男に手を出すなって啖呵《たんか》は切らなかったのか」

「しょうがないよ。ユウトってそういうのは苦手だから」

ロブに笑われた。

「どうせ俺は腰抜け野郎だよ」

ユウトがぼやくと、ヨシュアが「いいえ、それは違います」と首を振った。

「ユウトは優しい人だから、いつも相手の気持ちを先に考えてしまうんです」

「ヨシュアってユウトのことが大好きだったりする？」

ルイスが冗談っぽく尋ねた。ヨシュアは大真面目に「はい」と頷いた。

「大好きですし尊敬もしています。特にディックへの想いの深さは、人が人を愛するという意味においても理想的で、私もいつかユウトのような素晴らしい——」

「ありがとう、ヨシュア！　嬉しいよっ」

たまらなくなって途中で遮ってしまった。ヨシュアから褒められると面映《おもは》ゆいのを通り越し、いたたまれない気持ちになるのはどうしてだろう。

「それにしてもシドニー・ハントに言い寄られるなんてすごいな。さすがはビーエムズ・セキユリティきっての男前だ。依頼者に好かれすぎて困るから内勤になったんだろう？　正解だったな。もてすぎるのも考え物だ」

どれだけ冷やかされてもクールに受け流していたディックだったが、ルイスが「うちの猫にはさっぱりもてないのに」と言い足すと、途端に苦虫を嚙《か》み潰《つぶ》したような表情になった。

「スモーキーのことは言うな。あの気まぐれ猫はいつか必ず攻略してやる」

ロブがにやにやしながら「俺が思うに」と口を挟んだ。

「その気合いがよくないんじゃないかな。元特殊部隊の危険な男がだよ、緊迫した雰囲気で近づいてきてごらんよ。そりゃ猫だって警戒して逃げるだろ」

「俺は緊迫感なんて出してないぞ。いつだって笑顔で優しい声を出しながら、できるだけそっとあいつに近づいてる」

ルイスはシャンパンのグラスを持ち上げて、「まあいいじゃないか」とにっこり微笑んだ。

「ディックはユウトにだけもてていれば幸せなんだろ？」

「違いない。そのとおり！」

ルイスとロブはゲラゲラ笑って互いの肩を何度も叩き合った。どうやらロブも酔っているようだが、何が可笑しいのかさっぱりわからない。

「少し飲みすぎのようですね。アルコールはもう控えたほうがいい。ソフトドリンクを持ってきます」

ヨシュアがロブの手からワインのグラスを奪い取った。ロブは「まだ全然だよ。飲み足りない」と抗議したが、ヨシュアは聞く耳を持たなかった。

「待ってよ、ヨシュア」

すたすたと歩いていくヨシュアを追いかけ、ロブも人混みの中に消えてしまった。

「ロブの奴、最近ヨシュアの尻に敷かれてる」

くすくす笑っているルイスに、ダグが「ルイスももう飲まないほうがいい」と注意した。

「俺はまだ酔ってない」

「酔ってますよ。しかも変なテンションで。寝不足だし今日はほとんど食べてない。飲みすぎは身体によくありません。それで最後にしてください」

ルイスはむっとした様子で「俺に命令しないでほしいね」と言い放った。

「命令？　俺の心配があなたには命令に聞こえるんですか？」

珍しくダグは厳しい表情を浮かべた。大事な恋人の感情を傷つけたことに気づいたルイスは、すぐさま「ごめん。俺が悪かった」と謝罪した。

「今日はもう飲まないよ。ちょっと羽目を外しすぎた」

ダグはしゅんとしてしまったルイスの肩を抱き、「何か食べましょう」と促した。

ユウトとディックだけがその場に残された。なんとなく気まずいような気恥ずかしいような、よくわからない気分になってしまったユウトは、ディックにぎこちなく微笑んだ。

「ディックも何か飲んだら？」

「いや、いい。……それよりユウト。ふたりでエスケープしないか？」

「え？」

ディックは頭に乗せた三角帽子を取ると、ユウトの手首を摑んで歩きだした。わけがわからないまま引っ張られていく。出口に向かう途中でロブとヨシュアとすれ違い、ディックは三角帽子をロブの頭に乗せた。

「ゆっくり楽しんでくれ」

「え？　何？　どこに行くんだ？」

驚いているロブに、ディックは「ユウトを誘拐する」と楽しげに言い放った。

「ボディーガードが誘拐だって？」

ロブは驚きつつも手を振った。

「勝手に抜け出したりして大丈夫なのか？　あとでブライアンに怒られるぞ」

助手席でユウトが溜め息をつくと、ハンドルを握ったディックは「気にするな」と軽く受け流した。

「途中で腹の具合が悪くなって帰ったとでも言っておく」

ホテルを出たあとパシフィック・コースト・ハイウェイを走っていた車は、サンタモニカ・ビーチを通り越して隣のウィル・ロジャース・ビーチに停車した。夜の海はひとけがなく、広い駐車場には数台の車が駐まっているだけだ。

「なんで海？」

「お前と砂浜を散歩したくなって。嫌か？」

「いいや。でもスーツ姿で海を散歩ってどうなんだ」

ディックはおもむろに背広を脱いでネクタイを解き、まとめて後部座席に放り投げた。

「これで問題ない」

「なるほど。だったら俺も」

ユウトも倣《なら》ってワイシャツ姿になり、襟のボタンをふたつ外した。

ふたりは車を降り、舗装された駐車場から砂浜へと足を進めた。今夜は風もなく、波も穏やかだ。遠くにサンタモニカの街の明かりが輝いて見えている。

「嫌な思いをさせてすまなかった」

「シドニーのこと？　気にしてないよ。むしろ俺が邪魔したせいでこじれてごめん」

ディックは足を止め、ユウトの手を握った。浜辺は暗いが月明かりのおかげで、ディックの表情はわかる。

「お前が気にする必要はない。悪いのはシドニーだ。……いや、俺も悪いな。彼はエキセントリックな部分があるから、あまり刺激しないように扱っていたんだが、俺のそういう事なかれ主義の態度がよくなかった」

「シドニーは本気でディックのことが好きなんだと思う。去っていく彼の後ろ姿を見て、ちょっと可哀想に感じた。でもそういう同情を覚えることも、勝者の驕《おご》りみたいで嫌だと思った」

「もう気に病むな」

ディックはユウトの肩を抱き寄せた。

「俺たちはお互いのことを想ったり考えたりで精一杯だ。割り込んでくる誰かのことまで気にしていたら身がもたない。恋愛に関しては利己的でいいじゃないか」

「そうだな。……ディックが誰かに誘惑されてる場面を見つけたら、次こそは俺の男に手を出すなって啖呵を切ることにするよ」

真面目に言ったのにディックは冗談だと思ったらしく、声を上げて笑いだした。

「そいつはいい。ぜひとも聞いてみたい。お前のその言葉を聞きたくて、俺は浮気のふりをしてしまいそうだ」

笑い続けるディックに腹が立ち、ユウトは「人の気も知らないで呑気《のんき》なこと言うなよ」と言い捨てて足早に歩きだした。

大体、ディックがもてすぎるのがいけないのだ。もてないように少しは努力してほしいものだ。いつも変顔でもしていればいいのに。

「待ってくれ」

ディックが慌てて追いかけてきた。無視して歩いていると、浜辺に設置されたライフガード小屋の前で腕を摑まれた。

「捕まえたぞ。俺の勝ちだ」

「何が勝ちだ。追いかけっこなんてしてないのに」

「怒るなよ。からかったんじゃない。笑ったのは嬉しかったからだ。……なあ、教えてくれ。シドニーに嫉妬した？」

ディックは小屋の柵《さく》に両手をつき、ユウトを腕の中に閉じ込めて尋ねた。にやにやしているのは、イエスという答えを期待しているからだろう。

癪《しゃく》に障るが意地を張る場面じゃない。ここは素直に打ち明けておこう。

「少しね。お前にベタベタしているのを見て腹が立った。俺のディックに触らないでくれって思ったよ」

「本当に？」

嬉しそうな顔。なんだか悔しくなって、自分がセットしたディックの前髪をくしゃくしゃにしてやった。ディックは怒りもせず、まだにやにやしている。

「お前だって同じじゃないのか？　誰かが俺に触れているのを見ても平気？」

ディックは不意に顔を近づけ、ユウトの耳元で「馬鹿言うな」と囁いた。熱い吐息と低い声で鼓膜をソフトに愛撫《あいぶ》され、予期せぬ甘い痺《しび》れが背筋に走った。

「平気なわけがない。相手がパコでもお前に触れているのを見ると、俺は内心で嫉妬しているんだ。平気なのは、ユウティくらいのものだ」

ディックの腕が優しく背中を撫で下ろしてくる。そんな繊細なタッチにも息が止まりそうになった。いくら誰もいない夜の海だからって、危うい気分になっていい場所じゃない。そう自分をいさめてみたが、ディックを愛おしく思う心が暴走しそうになる。

「ディック。嫉妬深いのと愛情深いのは違う」

「そうだな。俺は心が狭いんだ。いつも反省している」

「でも嬉しいよ。俺は死ぬまでお前の心を乱せる存在でいたい」

自分の言葉に酔いそうだ。単調な波の音が理性を鈍らせる。ユウトはたまらなくなってディックに頬ずりした。苦笑するような気配があった。

「煽《あお》らないでくれ。キスしたくなるだろう」

——キスだけならいいよ。ここなら通りから見えないし。

もう少しでそう言ってしまいそうになったが、どうにか我慢した。

キスで終わればいいが、盛り上がりすぎて行為がエスカレートしたら困る。何しろ自分には前科があるのだ。

アリゾナの雄大な自然に酔いしれて、山の中でディックと野外セックスしてしまったことは、まだ記憶に新しい。とても素晴らしい経験だったし後悔はまったくしていないが、ここで同じ真似はできない。いつ人が来るとも知れない場所では危険すぎる。もし通報されれば警察官でいられなくなってしまう。

「ディック、ここではできない」

「わかってる。お前のために我慢するよ」

ディックはユウトの額にチュッとキスして、残念そうに身体を離した。

「なあ、ユウト。やっぱり俺の言ったとおりだろう？」

「なんの話だ？」

「人生には我慢がつきものだって話」

家を出る際に交わした会話のことか。ユウトは小さく笑ってディックの手を握った。

「でもさ、我慢してから得られるもののほうがよくないか？」

「まあそうかもしれないが――」

「きっと家に帰ったら、我慢しただけのご褒美が待ってると思うな」

ディックが「え」と足を止めたので、ユウトは繋いだ手にキュッと力を込めた。

家に着くなりディックはユウトを寝室へと連れ込んだ。

LIFGUARD
OFF-DUTY
911
KEEP OFF

「ディック、シャワーが先だ」

「出かける前に浴びたじゃないか」

「だけど——んっ」

うるさい唇はこうして塞《ふさ》いでやるとばかりに、ディックが強引にキスしてきた。

「待って、ん、ディック……っ、あ、ユウティが、見てる……っ」

ドアの隙間《すきま》からユウティが、どこか恨めしげな風情でこちらを見ていた。お利口に留守番していたのに、まったく自分に構ってくれないのはひどいんじゃないのか、と言いたげな態度だ。

「ユウティ、ハウスだ。ハウス。あとで遊んでやるから待ってろ」

ディックにきつく言われたユウティは、悲しげにクウンと鳴いていなくなった。

「可哀想に」

「可哀想なのは俺だ。お前が期待させるようなことを言うから、もうこんなだぞ」

すでに形を変えたものを腰にぐりっと押し当てられ、「馬鹿、やめろ」と身を捩《よじ》った。

「責任は取ってくれるんだよな？　んん？」

頬を両手で挟まれた。ディックが手に力を込めるものだから、頬が潰れて唇がキスをねだるみたいに突き出てしまう。ユウトの変顔にディックが噴き出した。

「もうっ。変顔をしなきゃいけないのはお前のほうだろうっ」

ディックは「なんで俺が？」ときょとんとした顔つきになった。もて防止策とは言えず、

「な、なんでもないよ」と誤魔化した。

「ご褒美をくれ。頼む、ユウト。このとおりだ」

ディックは床に跪《ひざまず》き、ユウトの腰を抱いて催促した。とびきりのハンサムがユウトのサービスを欲して懇願している。格好いいんだか悪いんだか。

自分から言った手前、期待しているディックを失望させるわけにもいかず、ユウトはその夜、いつも以上に積極的かつ大胆になって頑張った。

もちろん義務感でそうしたわけではない。ユウトもビーチで気分が盛り上がってしまったので、心からディックを求めた。そしてそれ以上の貪欲《どんよく》さで求めてくるディックに、喜んで自分を与えたのだ。

ディックをおおいに満足させられた頃には、日付が変わっていた。疲れ果てたユウトはディックの胸で欠伸《あくび》を嚙み殺した。

「パーティーを抜け出して、結局、家でセックスってどうなんだ?」

「海にも行ったぞ」

「そうだけどさ」

「いいじゃないか。俺としては、今日は最高にいい一日だった」

ディックは満足そうにユウトを抱き寄せ、剝《む》き出《だ》しの肩に音を立ててキスをした。

「お前は?」

「俺？　俺も同じだよ。すごくいい一日だった。昼間は公園でのんびり過ごして、夜はパーティーに行ってみんなにも会えたし、なぜかわかんないけど海まで行けたし。それからベッドでいつも以上に頑張った。アスリート気分になるくらいにな」

ユウトが笑うとディックも笑いだした。どちらも同じだけの熱心さで行う激しいセックスは、どうしてだか終わってしまうと妙な可笑しさがある。

ぴったりくっついているからディックの笑い声が振動で伝わってきた。なんでもないことなのに、それがたまらなく嬉しかった。今この瞬間が最高に幸せだと思った。

「さてと。ユウティの様子を見てくるよ」

行ってほしくなくて「もう寝てるんじゃないか？」と言ってみたが、ディックは「うん、までも、ちょっと覗いてくる」とごにょごにょ言いながら寝室を出ていってしまった。冷たくしたから気になっているのだろう。

ふて腐れているユウティを撫でながら、「さっきは悪かった」と謝っているディックの姿を想像して、ユウトはひとりで笑ってしまった。

# How to find happiness

「――ヨシュア?」

背後からの声に振り返ると、リンダ・スチュワートが立っていた。場所はダウンタウンのとあるビルのエントランスホール。ヨシュアは演技レッスンを受けた帰りだった。

「リンダ。久しぶりだね」

「最後に会ってから一年以上経つわね。あなたは変わりない?」

「ああ。元気でやってる」

リンダはジーンズにスニーカーといったスタイルで、ハリウッド女優とは思えない普通っぽさだった。昔から美人なのに気取りがなく、ヨシュアが構えずにつき合える数少ない相手だ。

去年の六月、リンダからストーカー被害に遭っていると相談を受けたヨシュアは、彼女の警護を担当した。リンダは亡くなった姉の親友で、ヨシュアにもずっと親切にしてくれた人だ。困ったことが起きているなら力になるのは当然だと思った。

人助けのつもりでリンダを自宅に泊めようとして、ロブと喧嘩《けんか》になった。ふたりの関係を疑うロブに一度は腹を立てたものの、あとから自分も気づかいが足りなかったと反省した。

リンダと関係を持ったのは一度きりだ。ワシントンDCに住んでいた頃、リンダがLAから遊びに来てくれた。仕事のあるシェリーに代わって、夏休み中の大学生だったヨシュアがリンダの観光につき合った。そんな滞在中のある夜、リンダに誘われて関係を持ったのだ。

リンダの好意は嬉《うれ》しかったが、交際に発展することはなかった。LAとDCで遠く離れて暮らしていたし、何よりリンダは魅力的な大人の女性で、自分など彼女に相応《ふさわ》しくないと思ったからだ。

しかし今にして思えば、あれは逃げだった。リンダを好きだったくせに、面倒ごとから距離を置きたい消極性に負けたのだ。誰かと親密になることが厭《いと》わしかった。煩雑《はんざつ》な人間関係はヨシュアにとって苦痛に等しい。

男として最低だったと恥じていた。そういった罪悪感が、リンダを守ってあげなければという気持ちを必要以上に強めたのかもしれない。

「ちょうどいいところで会えたわ。あなたに報告したいことがあったの」

「まさか、またストーカーが？」

その後、ストーカーは逮捕され、彼女は家を引っ越し、セクハラマネージャーも変更し、問題はいっさいなくなったと聞いていた。

「いいえ、違うわ。そうじゃなくて、私、婚約したの。結婚はまだ先になりそうだけどね」

リンダの嬉しそうな笑顔を見て、ヨシュアも嬉しくなった。心から愛し合える男性と出会えたのなら本当によかった。

恋人にはなれなかったがリンダは大切な人だ。十代の頃、孤独だったヨシュアにリンダはいつも優しくしてくれた。彼女の態度にどれだけ慰められたことか。

「おめでとう。シェリーの分まで幸せになってくれ」

ハグすべき場面かもしれないが不用意な接触はよくない気がして、ヨシュアは右手を差し出した。リンダは微笑《ほほえ》んで「ありがとう」とヨシュアの手を握った。

「ところでどうしてここに？　私はマネージメント会社がこのビルにあるんだけど」

「演技レッスンを受けにきて――。俺も報告することがあるんだ。俳優になった」

「あなたが俳優に……？　それって冗談でしょ？」

リンダが目を丸くした。信じられないのも当然だ。ヨシュア自身、今でも朝に寝ぼけているときなど、映画に出たことも俳優業に転身したことも、すべて夢だったのではないかと思うときがあるくらいだ。

「それが本当なんだ。実は……」

コルヴィッチ監督にスカウトされ、アーヴィン&ボウシリーズの三作目に出演したこと、今後も俳優を続けること、すでにコルヴィッチ作品への出演が決まっていることなどを教えると、リンダは「すごい」を連発して、最後は涙を浮かべてヨシュアを強く抱き締めた。

「おめでとうっ。なんてラッキーなの。あなたは素晴らしくついてるわ！」

女優として下積みの苦労を味わってきたリンダからすれば、ヨシュアの今の状態は奇跡のようなものだろう。嫉妬《しっと》してもいい場面なのに、リンダは心から喜んでくれた。

「今この瞬間ほど、シェリーが生きていてくれたらって思ったことはない。彼女にあなたの出る映画を観せてあげたい」

「シェリーも喜んでくれたかな?」

「当然よ! 内気だったヨッシュが俳優になるなんてすごいって、絶対に感激したはずよ」

死んだ人間の時間は死んだ時点で止まっている。それがわかっていても、残された人間は去っていった愛しい人の今の想いを想像せずにはいられない。

ヨシュアもリンダもシェリーが大好きだった。だから同じ喪失の痛みを分かち合ってきた。そのリンダがシェリーの気持ちを想像して教えてくれた。まるでリンダの口を通してシェリーがメッセージをくれたようで、胸が熱くなった。

「ボディーガードのあなたも素敵だけど、俳優のあなたも最高に素敵でしょうね。早く映画が観たいわ。必ず彼と一緒に映画館まで足を運ぶわ。きっと何度も観るでしょうね」

リンダの濡《ぬ》れた瞳にシェリーの優しい眼差《まなざ》しが重なった。ヨシュアはたまらなくなってリンダを抱き締めた。リンダはヨシュアの背中をさすりながら、「ねえ、ヨシュア」と囁《ささや》いた。

「私たち、いつか共演できるといいわね」

パサデナの自宅に帰ったヨシュアは、お気に入りのバッドマンTシャツに着替えた。ロブの両親がプレゼントしてくれたそれは、頻繁に着すぎて生地が少しくたびれてきた。ロブに「もうパジャマにしたら？」と言われたが、そうなるのはまだ当分先の予定だ。

キッチンでアイスコーヒーを淹れ、ダイニングテーブルで飲んだ。ここで暮らし始めてもうじき一年になるが、ロブの人柄そのもののように居心地のいい家だ。この家に帰ってくると、嘘《うそ》みたいに気持ちが落ち着く。

窓から差し込む午後の日がグラスに乱反射して、テーブルに美しい模様を浮かび上がらせていた。ヨシュアは姿勢よく椅子に座りながら、人差し指でテーブルの光を押さえた。光を浴びた皮膚と爪が白く輝き、自分の指なのに別の生き物みたいに見えて面白い。

意味のないひとり遊びをしていると、外からロブの声が聞こえた気がした。まだ帰ってくる時間ではないが、ヨシュアはロブの声を決して聞き間違えたりしない。立ち上がって窓の外を覗《のぞ》くと、果たしてスーツ姿のロブがいた。近所に住むホーキンズと立ち話をしている。

ホーキンズは白髪の黒人で、少しだけモーガン・フリーマンに似ている。ロブは話し上手だからホーキンズは大笑いし、ロブの肩を何度も叩《たた》いた。会話の中身はよく聞こえないが、楽しげに話し込んでいるふたりを見ているだけで、ヨシュアも楽しい気分になってくる。

ロブは時々、ヨシュアのことを俺の天使と呼ぶが、ヨシュアにすればロブのほうこそ天使に思える。彼は人を楽しくさせる天才だ。誰もがロブと話せば笑顔になる。ロブの温かな笑顔とユーモアが、自然と新たな笑顔を生むのだろう。彼の周りには笑いがあふれている。

なぜかわからないが、突然、涙が出てきた。悲しいわけでも何かに感動したわけでもないのに、涙がぽろぽろと頬《ほお》を伝って落ちていく。なぜ自分は泣いているのだろうと考えてぼんやりしているうち、ロブもホーキンズもいなくなっていた。

「だーれだ?」

温かい手がヨシュアの両目を覆い隠した。だがすぐに「ん? あれ?」とロブの怪訝《けげん》な声が聞こえ、手は離れていった。振り返るとロブは自分の手のひらを見つめていた。

「これって涙……?」

「お帰りなさい、ロブ。早かったですね」

ロブはヨシュアの濡れた頬を見て、「どうしたのっ?」と大袈裟《おおげさ》なほど驚愕《きょうがく》した。

「ヨシュア、なぜ泣いているんだ?」

すかさず両手で頬を包まれる。ロブはひどく狼狽《ろうばい》していた。その慌て方が可笑《おか》しくて、ヨシュアは涙を浮かべたまま笑った。ロブはますますわけがわからないといった様子で、「大丈夫?」とヨシュアの肩を摑《つか》んで揺さぶった。

「何があったんだい? 演技レッスンが上手《うま》くいかなかった? 先生に叱《しか》られた? 泣くほど辛《つら》いことがあったなら、正直に俺に話してくれ」

「何もありません。レッスンは順調に終わったし、先生にも褒められました。帰り際にリンダとばったり会ったんです。婚約したと告げられました。彼女が幸せそうだから嬉しくなりました。私が俳優になったことも伝えると、とても喜んでくれました」

「いいことばかりじゃないか」

「はい。家に帰ってきてアイスコーヒーを飲んでいたら、あなたの声がしてここから眺めました。ホーキンズさんと楽しそうにお喋りしているあなたを見て、私も楽しい気分になりました。そしたらどうしてだか、突然、涙が出てきたんです。変ですよね」

ロブの表情が不意に歪《ゆが》んだ。ヨシュアの涙が伝染したみたいに、ロブのブラウンの瞳も見る見る間に潤んでいく。今度はヨシュアが困惑する番だった。

「どうしたんですか？　どこか痛いんですか？」

「違うよ、ハニー。君がたまらなく愛《いと》おしくて泣けてきたんだ。こっちに来て」

ロブはヨシュアの手を引いてソファーに座らせると、「まったく君って奴は」と溜《た》め息《いき》交じりに囁き、強く抱き締めた。

なんだかよくわからないが、ロブのハグは大好きだ。ヨシュアもロブを抱き締め、「私が何かしましたか？」と尋ねた。

「何もしてない。ただ君の成長に感動したんだ。シェリーがもし今の君を見ることができたら、きっと俺と同じで泣いてしまうかもしれないね」

ヨシュア自身は自分がなぜ泣いたのかわからないが、ロブにはどうやらわかっているらしい。

そしてそれはヨシュアの成長ゆえだと思っている。どういうことか詳しく説明してもらいたい気もしたが、同時に聞かなくてもいいという気持ちにもなった。

それよりリンダとロブから、奇《く》しくも同じようなことを言われた事実のほうが大事に思えた。ただの偶然とわかっていても、何か不思議なものを感じずにはいられない。

「……ところでひとつ聞きたいんだけど。リンダのこと、惜しいと思ってない？」

「なんのことですか？」

「彼女、君のことが好きだったんだろう？　俺と出会っていなければ、今頃はリンダとつき合っていたかもしれないじゃないか。君らは美男美女ですごくお似合いだ」

鈍いヨシュアだが、からかうような口調はフェイクだと気づいた。ロブはまだリンダのことを気にしている。

「嫉妬ですか？」

「違う、そうじゃなくて――。いや、うん。まあ、そうだな。これは嫉妬だ。ごめん」

気まずそうに目をそらすロブが、どうしようもなく可愛く見えた。以前なら嫉妬するのは自分を信用していないからだと不快に感じたのに、今はなぜか嬉しい。

ヨシュアはロブの顔を両手で挟んで自分のほうを向かせると、唇を強く長く押し当てた。突然のキスにロブは驚いている。

「な、何、急に？」

「焼《や》き餅《もち》を焼くあなたは、とっても可愛いですね」

目をぱちぱちさせているロブに、ヨシュアはもう一度強くキスをした。ロブは珍しく照れたように顔を赤くし、「まいったな」とぼやいた。

「君に可愛いなんて言われると、すごく恥ずかしくなるよ」

「照れるあなたも可愛い。……知らなかった。ロブってすごく可愛い人なんですね」

ロブはいよいよ顔を赤くしながら「もうやめてくれっ」と叫び、やけくそのようなキスでヨシュアを黙らせた。

# Commentary

## これからの話

具体的に新作長編を書く予定は決まってないのですが、また新作を書きたい意欲はもちろんあります。

前作『BUDDY』がとても好評でしたので、刑事として頑張るユウトをもう少し書いてみたい気持ちもあったり。相棒キースとの関係の変化なんか、じっくり書いてみたいですね。ただそうするとディックがやきもきしまくるでしょうから、ちょっと気の毒。本人は大変でも見ている側には楽しいディックの嫉妬（笑）。

『BUDDY』を書く前、担当さまに今後のシリーズ展開をこんなふうにしたいと話しましたが、その内容はユウトにとってかなり過酷なもので、本当に書いてもいいのだろうかと迷いがあります。ディックとユウトは揺るぎない絆で結ばれていますが、物語を大きく動かすのなら、やはり山あり谷ありにせざるを得ないといいますか。

しばらく保留にして検討するつもりですが、こういう悩みもまた番外編を書いたり時間が経ったりするうち、いろいろ変化していくのだろうな、と思っています。

どういう話を書くにしろ、『DEADLOCK』シリーズに関しては長いつき合いなので、キャラが私の中で生きています。ごく自然に心の中に存在しているのです。

彼らの見ている風景を私も見て、彼らの心に問いかけ続けていけば、自ずとしっくりくる物語が生まれてくれるのではないかと感じています。

Happy anniversary

犬の嗅覚《きゅうかく》は並み外れているが、聴覚も同様にすごいものだとディックは毎日のように感心する。

なぜならユウティはユウトが帰宅すると、かすかに聞こえる足音をちゃんと聞き分けて、必ず玄関へと走って行くからだ。ディックはその姿を見ることで、ユウトの帰宅を事前に知ることができる。

その晩もソファーで寝ていたユウティの耳が突然ピクッと動き、次の瞬間には飛び降りて玄関に向かって走りだしていた。ディックも急いで立ち上がり、あとに続いて玄関まで行くと、ユウトがちょうどドアを開けて入ってくるところだった。

「ただいま。ユウティ。いい子にしてたか?」

はしゃいで飛びついてくるユウティの頭を撫《な》でながら、愛おしげに目を細める恋人の姿を眺められるこの瞬間は、ディックにとって最高に心が弾む時間だ。

本当は真っ先に自分がキスしたいところだが、ユウティを押しのけるのはあまりにも大人げないし、何よりユウトに叱られそうだから一番乗りは我慢している。

「ディック、ただいま。遅くなってごめん。夕食はもう食べた?」

「まだだ。一緒に食べよう」

ユウトがすまなそうな表情を浮かべたので、すかさず抱き締めて気にするなという意味で額にキスをした。

「俺が待ちたかったんだ。ひとりで食うのは味気ないからな」

言ってから今度は唇にキス。これはお帰りのキスだ。

ロサンゼルス市警察のギャング・麻薬対策課で刑事をしているユウトは、仕事に追われて帰りは遅くなることが多い。平日はディックが大抵、先に帰宅するので夕食をつくっている。

ユウトはそのことを申し訳なく思っているようだが、朝食はユウトが準備してくれるし、休みの日は埋め合わせのように凝った料理をつくってくれたりもするので、ディックに言わせればなんの問題もない。ふたりの生活はまったくもって最高に上手く機能している。

今夜のメニューはチキンフライドステーキとオニオングラタンスープ、それからグリーンサラダにマッシュポテトだ。ユウトはスープを飲むなり「ん？」と声を出した。

「まずいか？」

「違う、すごく美味《おい》しいよ。もしかしてつくり方を変えた？」

「いいや。いつもと同じようにつくった。ああ、でも塩だけ変えたな。ルイスにもらった岩塩を使ったんだ」

「あの高そうなやつ。塩ってどれでも同じじゃないんだな」

向かい合って夕食を食べながら、他愛もない会話を交わす時間があまりに愛おしくて、ディックの頬は自然とゆるんでしまう。ついにはユウトに「なんだか楽しそうだな。いいことでもあった？」と聞かれる始末だった。

「ああ、あった。今夜もふたりで夕食を一緒に食べられて、最高に幸せだ」

嘘偽りのない本心を告げたのに、ユウトは冗談を聞いたように軽く笑った。

口先だけの甘言ではないと訴えたい気持ちもあったが、しつこく言い張ると逆に嘘臭くなりそうな気がして我慢した。行きすぎる愛情表現は得てして鬱陶《うっとう》しいものだ。愛を伝えるさじ加減はなかなか難しい。

「あ、そうだ。パコから電話があったんだ。今度みんなで集まる話、マンハッタンビーチはどうかって。久しぶりにサーフィンもしたいらしい。俺が思うにきっとあれだよ。トーニャに格好いいところを見せたいっていう狙《ねら》いもあるんだ」

先月、ユウトとディック、ロブとヨシュア、ルイスとダグの三カップルでキャンプに行ったのだが、パコとトーニャは予定が入っていて参加できなかった。残念がったパコはビーチで遊ぶ計画を立てたのだが、どうやら不純な動機が混ざり込んでいるようだ。

「パコはサーフィンが得意なのか？」

「うん。学生の頃はよく海に通ってた。ディックもサーフィンはできるんだろう？」

「昔は好きだったが、もう長いこと波には乗ってない」

そう言った瞬間、ここから二五〇〇万マイル離れた、かつて仲間たちと休暇を過ごした懐かしい白い砂浜と青い海が、脳裏に鮮やかに蘇《よみがえ》った。過ぎ去った過去の光景は鋭い痛みとなって胸を刺し、ディックから呼吸を奪っていく。しかしそれは不意に起こるごく短い発作のようなもので、やり過ごす術《すべ》は心得ている。

ディックは微笑みを浮かべて言葉を続けた。

「パコの格好いいライドを見るのが楽しみだな」

「ディックもパコのボードを借りて久しぶりにやってみたら？　大丈夫、無様にボードから落っこちても笑ったりしないから」

「悪いが俺もサーフィンは得意だ。俺の波乗りを見たら、きっとお前は俺に惚《ほ》れ直すぞ」

「それはないな」

ユウトがあまりにきっぱり言い切るので、ディックは軽く落ち込んでしまった。冗談でも言い切られると悲しくなる。よほどショックを受けているように見えたのか、ユウトは慌てて「違うんだ」と頭を振った。

「誤解するなよ。今だって百パーセントで惚れてるのに、これ以上、惚れるのは無理だって意味で言ったんだ」

素晴らしい言い訳に唇がゆるんだ。まったく俺はユウトの言葉に一喜一憂しすぎだな、と呆《あき》れてしまうが、そういう自分を幸せ者だと思っているので、おそらくこの症状が改善される日は永遠に来ないだろう。

「俺もこれ以上は無理だっていう気持ちでお前に惚れているが、毎日のようにその気持ちを更新し続けてる。どうやら俺の愛は限界を知らないようだ」

これも本心からの言葉だったが、ユウトは小さく息を吐いて、やれやれというように首を振った。

「ディックってどんどん口が上手くなるよな。昔はそういうタイプじゃなかったのに」

文句を言われても可愛げがないなんて思わない。甘い言葉にユウトがつれない態度を取るのは、ある種の照れ隠しだとわかっている。

「お前は俺のことを、口先だけで愛を語る男だと思っているのか？」

ユウトを熱く見つめながら顔の前で手を組み、顎《あご》を乗せて尋ねた。ディックが本気モードにスイッチを切り替えた途端、ユウトは落ち着かない態度になり、急に目をそらした。

「思ってない。ごめん。……で、でもさ、あんまり甘い言葉ばかり口にされると、ちょっと軽いっていうか、言葉に重みがなくなるっていうか、なんだかロブみたいっていうか」

ロブみたい――。

口から先に生まれてきたような犯罪学者に似ていると言われ、強いショックを受けた。我らが頼れる友人、ロブ・コナーズは素晴らしい人物だ。そのことは紛れもない事実だし、ディックも心から彼を尊敬している。

ただしロブはお調子者でお喋《しゃべ》りがすぎる。蘊蓄《うんちく》に富んだ素晴らしい言葉を口にするのだが、くだらないことも同じだけ言ってしまうところが、あまりにも残念な男だ。そんなロブに似ているると言われるのは嬉しくない。

　だがしかし、大事なことほど伝えられない捻《ひね》くれた性格だったディックが、プラスの感情からくる想いはためらわず率直に伝えるべきだと考えられるようになった変化に、ロブの存在がまったく関与していないとは言い切れない。

「ロブはいい奴だぞ」

　いろいろ言いたいのをグッとこらえてそう呟《つぶや》くと、ユウトはきょとんとした表情で「そんなの知ってるよ」と言い返した。

「ロブはいい奴だし心から尊敬もしてる。ロブがどうこうって話じゃなくて、ディックがロブみたいになったら嫌だって話だよ」

　今頃、ロブはくしゃみをしているに違いないと思いながら、やはり愛を伝えるさじ加減はつくづく難しいと痛感した。

「あ、それからこの週末だけど、やっぱり仕事になりそうなんだ。DEA（麻薬取締局）と急な合同捜査が入ってしまった。大物密売グループのアジトに踏み込む計画だから、さすがに休ませてくれとは言えなくてさ」

　ユウトが表情を曇らせた。次の土日はふたりで外泊する予定を立てていたのだが、ユウトが休めないのなら中止にするしかない。

ふたりが一緒に暮らしだしてから、この土曜日でちょうど丸二年になる。記念日的イベントのつもりだっただけに残念ではあるが、ユウトの罪の意識を軽くしてやりたい一心で、ディックは「そうか。仕事ならしょうがないな」と微笑んだ。

「本当にごめん。せっかくディックが予定を立ててくれたのに」

半年ほど前、クライアントの付き添いで一泊したハンティントン・ビーチのホテルがとてもよかった。コロニアルスタイルのハイエンドなリゾートホテルで、部屋も落ち着いた内装でディックの好みだった。ホテルのすぐ前には白い砂浜が広がっていて、景色も最高だった。ユウトと一緒に来たいと強く思い、予約を入れたのだ。中止は残念だがＬＡから車で一時間半もあれば行ける場所だ。いつでもまた予定は立てられる。

「気にするな。また次の機会に行こう。ホテルもビーチも逃げやしない」

行ってから我ながら丸くなったものだと苦笑しそうになった。昔の自分ならこういう場面では、落胆のあまり不機嫌な態度になっただろう。

短気というより子供の頃から独善的な部分があり、それはいつも自分の我が儘《わまま》を受け入れてくれそうな相手にだけ発現していた。愛されずに育った人間は過剰に愛を欲しがるものだ。今は愛される以上に愛したいと思っている。それはきっとユウトが命がけで自分を愛し、日の当たる場所へと自分を連れてきてくれたからこその変化だろう。

ユウトとの暮らしの中で自分が得たものは、あまりに多すぎて計り知れない。あらためてデイックはこの二年の日々に、深く感謝せずにはいられなかった。

「じゃあ、行ってくるよ」

ユウトは気が重そうな様子で椅子から腰を上げた。

休暇を台無しにしてしまったことをよほど申し訳なく思っているのか、玄関で行ってきますのキスをしてから、やけに思い詰めた顔で「この埋め合わせは必ずするからな」とまで言うので笑いそうになった。

「そうか。そこまで言うなら、この借りはベッドの中で返してもらおうか」

「えっ」

「冗談だよ。危険な任務なんだろ？　気をつけてな。お前はいつだって無茶をするから心配だ」

頬《ほお》にチュッとキスをすると、ユウトは苦笑しながらディックの頬にお返しのキスをした。

「大丈夫。今日の捜査はＤＥＡの後方支援だ。無茶をしたくてもできそうにない」

ユウトが行ってしまうと、途端に家の中が静かになった。

部屋の中に戻ってダイニングテーブルを見る。空になったユウトのコーヒーカップがぽつんと置かれている。恋人の温《ぬく》もりがほのかに残る椅子に、ディックはなんとなく腰かけてみた。

窓から差し込む朝の日差しの中で、わずかな埃《ほこり》が光りながら舞っている。急に時間が止まってしまったような錯覚に陥り、部屋の中を見回した。

住み慣れた部屋なのに、どこかよそよそしく感じてしまうのはなぜだろう。ユウトと一緒にいるときは、いっさい感じない虚無感がじわじわと頭の中に満ちてくる。たまに陥る感覚で、そうなると今いる場所に確かな現実感が持てなくなってくる。

ふと思う。これは夢なのかもしれない。

本当の自分は今も弾丸が飛び交う戦場にいるのではないか。逃避としてつくりだした幸せな夢の中に、ひととき逃げ込んでいるだけではないのか。

妄想に侵食され、自分という輪郭さえ曖昧《あいまい》になっていく。戦場から戻った兵士は往々にして精神を病んでしまうものだが、きっと自分も心のどこかに穴が空《あ》いてしまっているのだろうとディックは冷静に考えている。だから時折、砂でできた城が風に崩されていくように、自己と現実がさらさらと喪失してしまいそうになるのだ。

クゥンと悲しげな鳴き声が聞こえた。現実に引き戻されたディックの目に、ユウティの黒い瞳が飛び込んできた。ディックの膝《ひざ》に顎を乗せて、何か言いたげな視線を向けている。

朝、ユウトがブラッシングしてくれたので、黒い毛並みは今日も艶《つや》やかだ。頭を撫でているとそのリアルな感触に安堵《あんど》が湧いて、いつもの日常が戻ってきた。

「すまない。お前を置き去りにしてしまったな」

ユウティの尻尾《しっぽ》が左右に大きく揺れた。ディックに構われて嬉しいのだろう。

自分にはユウトを愛する資格などないと決意して彼の元を去り、あの海辺の家でひとり寂しく暮らしていた頃、ユウティと出会った。

行きつけのバーの店主に、「うちで生まれた子犬を見に来ないか。欲しけりゃやるぞ」と言われ、犬など飼う気はさらさらなかったのに、つき合いで家を訪ねたのが運の尽きだった。

やんちゃ盛りの可愛いユウティを見た瞬間、あまりの愛らしさに久しぶりに笑みが浮かんだ。ユウティもなぜかディックに懐き、困惑するほど甘えてきた。床に何度下ろしても膝に乗ってくる。

店主が「一目惚れされたな」と笑ったが、それはディックも同じことだった。生き物など飼ってはいけないと思っていたのに、小さな温もりの魅力に抗《あらが》えなくなった。

あの日からユウティはよき相棒として、ずっとディックのそばにいてくれる。あの頃、人生をやり直したいというより、死に場所を求めるような気持ちで生きていた。コルブスは死んだが固く誓った復讐《ふくしゅう》は果たせず、絶望の中で生き長らえてきたこともすべて無意味になった。こんなことなら仲間たちが死んだあと、すぐにあとを追えばよかったと無気力にも苛《さいな》まれた。

死を選ばなかったのは、ひとえにユウトの存在があったからだ。ユウトは自分の命を危険にさらしてまで、ディックを救おうとしてくれた。

もう何も返せはしないが、ユウトのひたむきな愛情と思いやりを踏みにじるような真似はできない。してはいけない。だから生きていこうと決めた。

しかし夢も希望もない人生は、ただ長く虚《むな》しい。余生を送るような気持ちで暮らしていた日々に、突然現れたのがユウティだった。子犬の頃はやんちゃで片時も目が離せず、世話が大変だった。そして手間がかかった分、愛情も増えていった。

自分はこの小さな命に対して責任がある。最後まで共に生きていかなくては。そんな気持ちになれたおかげで、人生がいつ終わってもいいという投げやりな気持ちはいつしか消え去っていった。

ユウティとの暮らしはまるでリハビリのようだった。復讐のために捨てていったものを、ひとつまたひとつと拾い集め、自分という人間を再構築していく。

あの日々があったからネトに葉書を送ろうと思えたに違いない。その葉書をきっとユウトも見るだろう。会いたいというメッセージを汲《く》み取ってくれるだろうか。もしまだ自分を想ってくれているなら、連絡をくれるかもしれない。

そしてついにユウトはアメリカ大陸を横断して、ディックの住む町まで来てくれた。ユウティを撫でている姿を見つけたとき、ユウトが恋しすぎてとうとう幻を見るようになったのかと、自分の頭を本気で心配したが、それが現実だと知った瞬間の驚きと喜びと感動は、今でもまだ決して言葉にできない。あれはディックが人生で一度だけ、神に感謝した場面だった。

あのあとの焦《じ》れったい顚末《てんまつ》はいまだに笑えるが、すれ違い続けた自分たちの恋には、ある意味、相応しい展開だったのかもしれない。

二年前の今頃、ディックは飛行機に乗ってロサンゼルス国際空港に向かっていた。これから始まるユウトとの新しい暮らしに対し、抱えきれないほどの希望や喜びはもちろんあったが、同時に不安や心配もあった。

本当に自分は幸せになっていいのだろうか？

その資格があるのだろうか？

こんな俺がユウトを幸せにできるのだろうか？

ユウトは俺と一緒に生きて、後悔しない人生を送れるのだろうか？

自分は笑えるほど臆《おく》病《びょう》な男だったと、ユウトを愛して初めて知った。逆にユウトは愛情に対して揺るぎない強さを持つ男だった。ユウトの強さに支えられ、ディックは自分が幸せになることを心から許せるようになった。

今も死んでいった仲間や恋人のことを思うと、瞬間的に心が捩れるほど苦しくなることもある。だがユウトに愛され、ユウトを愛して生きる日々の中で、自分が幸せになることを受け入れたせいか、今は彼らの無惨な死に顔ではなく笑顔が真っ先に浮かんでくるようになった。

悲しみのただ中にいた頃は時間が止まっていたかのように、過去から逃れられなかったのに、今は愛おしい人たちが遠ざかっていくのを感じる。それは決して悲しい忘却ではなく、大事な記憶を正しい引き出しにちゃんとしまえるようになったということではないかと感じている。

二年前の不安を抱えていた自分に言ってやりたい。

未来を恐れるな。お前を愛してくれた男を信じろ。お前は彼を幸せにするためだけに生きていけばいい。それが自分にとって最高の幸せでもあるのだから。

「さてと。いい天気だし散歩にでも行くか」

散歩という言葉にユウティは反応し、大はしゃぎしながら玄関に突進していった。いくつになっても可愛い相棒の姿を見て、ディックは笑みを浮かべた。

昼食に冷凍ピザでも焼こうかとキッチンに立ったとき、思いがけないことが起きた。

玄関のドアが開いて、ユウトが帰ってきたのだ。ユウティは公園で散々走ったせいか、疲れて熟睡したままだ。

「ただいま。あ、ピザ焼くんだ？　俺も食べたい」

「仕事はどうした？」

「どうもDEAの動きがばれたみたいで、密売グループがアジトからいっせいに消えてしまったんだ。それで合同捜査は中止──わっ」

ディックに強く抱き締められたユウトは、驚いたように瞠目《どうもく》した。

「まさかお前が帰ってくるなんて思わなかった。最高の休日だ」

「予定外なのは事実だけど、そんな大袈裟に喜ぶことか？」

「俺は嬉しい。お前のいない休日は寂しくてしょうがないからな」

強くキスすると、ユウトは「もう」と笑いながらも応じてくれた。

腹は減っているがユウトの柔らかな唇は、ピザなんかよりずっと魅力的だ。深く舌を差し込み、情熱的に熱い内部を探索すると、ユウトは「ん」と甘い声を漏らした。

そんな声を出すほうが悪いとばかりに、唇を重ねながら壁にユウトを押しつけ、ついでに腰も強くこすりつける。

生地越しの焦れったい刺激は、淫《みだ》らな気分をいっそう盛り上げてしまうらしい。気づけばふたりして身体をくねらせ、夢中で舌を絡め合っていた。

「ディック……、俺、ピザが食べたいんだけど、ん、あ……っ」

「俺もだ。でもその前にお前を食べたい。お前は？　俺を食べたくないのか？」

ユウトのジーンズに手を差し入れ、下着の上から熱を帯びたペニスをいやらしく撫でた。ユウトは息を乱しながら、「食べたい、かも……」とディックの耳元で囁いた。

欲情した声だと思ったら、猛烈な興奮に包まれて我慢できなくなった。

ユウトの前に跪《ひざまず》き、ジーンズの前を開いて下着ごと引き下ろした。硬くなったユウトのそれが、目の前に現れる。はち切れそうなペニスを口に咥《くわ》え、夢中で味わった。

「駄目だって、ディック、こんなところで……っ、あ、ベッド、ベッドに行こう……っ」

聞く耳を持たず愛撫《あいぶ》を続けた。駄目だと言ってもユウトの様子を見れば、このまま続けていいのかどうかくらいわかる。今日はいける。欲情に高ぶり、最後までされたがっている。

ディックの舌戯にユウトは何度も甘い声を漏らし、腰をくねらせて与えられる快感に身悶《みもだ》えた。その姿を見ているだけで、ディックもたまらない快感を覚えてしまう。昼間の情事はどうしてこうもエロティックなのだろうか。

ユウトは長くもたず、最後はディックの髪をかき乱しながら、熱い欲望を放った。最後の一滴まで搾《しぼ》り取るように吸い上げると、ユウトの身体はビクッビクッと震えた。

ディックがようやく口を離すとユウトは壁に背中を預けたまま、ずるずるとしゃがみ込み、ディックの目線まで下がってきた。

「……オリーブオイルを持って、寝室に行く?」

まさかの誘い文句に噴き出してしまった。セックスするときは専用の潤滑剤を使っているから、オリーブオイルなんて使わない。しかしふたりの過去の情事において、それは忘れられないアイテムだ。

「そんなに笑うことないだろう?」

「すまん。でも最高に可笑しかった。よし、久しぶりにオリーブオイルでするか」

「しないよ。ベタベタになっちゃうだろ」

「大丈夫だ。一本しか使わないから」

足元でくしゃくしゃになったジーンズと下着を蹴《け》り飛ばしながら、ユウトは声を出して笑った。ディックは笑っているユウトを抱き上げ、上機嫌で寝室に向かった。

「……今から無理かな?」

ディックはオーブンにピザを入れてから、「無理って?」とユウトを振り返った。

ベッドでたっぷり抱き合い、ふたりでシャワーを浴びて出てきたばかりだ。ちなみにオリーブオイルはユウトが断固反対するので使えなかった。

「ディックが行きたかった場所に、今から行かないか?」

「それはいいが、人気のあるホテルだから部屋は空いてないと思う」

「一泊しなくてもいいよ。ハンティントン・ビーチを散歩して帰ってこよう。日帰りだって十分楽しいと思う。ふたりで二周年のお祝いがしたい」

意外だった。ユウトはあまり記念日的なことは気にしない。なんの変哲もない日常こそが大事だと考えているせいだろう。

記念日にかこつけてディックがプレゼントしたりデートに誘ったりすることまで嫌がったりしないが、積極的に何かしたがる質《たち》ではない。

「無理しなくていいんだぞ。家にいたって祝える。というか、今こうして一緒にいられるだけで俺は十分だ」

「無理じゃないよ。本当に行きたいんだ。ディックとデートしたい。駄目？」

ユウトの控え目な聞き方は、くらくらするほど可愛かった。

駄目なわけがない。駄目なわけがない。駄目なわけがない。心の中で呪文《じゅもん》のように三度も繰り返してしまった。

「よし、だったらピザを食べたら出発しよう。泊まらないのならユウティも一緒に連れて行けるな」

「そうしよう。ユウティが一緒じゃないと寂しいよ」

ユウティは自分の名前に反応して、ユウトのそばにやってきた。

「ユウティ、お出かけだぞ」

お出かけという言葉を理解しているユウティは、嬉しそうに尻尾を振った。逆にユウティが一番嫌いな言葉はお留守番だ。仕事の日は仕方ないと諦《あきら》めてくれるが、休みの日にふたりだけで出かけようとすると、この世の終わりのような顔をする。

「ハンティントン・ビーチか」

焼き上がったピザを食べながら、ユウトが言った。

「ハイウェイで通り過ぎたことはあるけど、立ち寄ったことがないんだ。きれいなビーチらしいな。でも海はどこにでもあるのに、どうしてあそこが気に入ったんだ？」

「ＬＡのビーチほど人が多くないし、砂浜がきれいだ。それに桟橋がある。すごく長い桟橋なんだ。先端にはダイナーがあって、釣り竿《ざお》もレンタルできるから釣りも楽しめる」

あれこれ理由を口にしたが、それだけではないと思えてきた。

「ふうん、いい場所なんだな。桟橋は俺も好きだよ。ディックのビーチハウスの近くにあった桟橋もよかったよな。木製でちょっとびっくりしたけど、素朴な釣り場所って感じですごくのんびりできた」

そう言われて、ようやく気づいた。

あの砂浜を見たとき、なぜか懐かしい気がしたのだ。無意識のうちにウイルミントンの海を思い出していたのだろう。特別似ているわけでもないのに不思議だ。何かが郷愁にも似た感覚のスイッチを押したらしい。

「お前がウイルミントンに来てくれて、俺と一緒に数日を過ごしてくれたあの日々は素晴らしかった。今でも夢のようだ」

「俺も同じだよ。すごく楽しかったな」

ふたりの苦しかった恋はついに成就し、目眩《めまい》がするほどの喜びの中で毎晩抱き合って疲れ果て、最後は波の音を聞きながら一緒に眠った。夢のような日々だったが、今もふたりはその夢の延長線上にいるのだ。

「お前がLAに帰ってしまったあと、俺はどうにかなりそうなほど寂しかった」

冗談めかして言ったが、本当にあれは辛かった。ユウトがいなくなると、恐ろしいまでの喪失感に襲われ、すべてが幻だったのではないかと本気で何度も考えた。

「それは俺だって同じだよ。早く一緒に暮らしたくて仕方がなかった。ディックがやっとLAに来てくれて、空港で再会したときは、ロブやネトたちがいたのに泣きそうだった」

ディックも胸がいっぱいになって、ユウトの顔をろくに見られなかった。

あれから二年が過ぎた。いろんなことがあった。きっとこれからもいろんなことがあるだろう。けれど何が起きてもユウトさえそばにいてくれるのなら、ディックに恐ろしいものは存在しない。

「ふたりが一緒に暮らしだして二周年だな。おめでとう」

「ディックがLAに来てくれて二周年だ。おめでとう」

ユウトがダイエットコークの入ったグラスを持ち上げたので、ディックも同じようにした。グラスをぶつけて乾杯してから、ふたり揃《そろ》って笑いだした。

「なあ、ユウト。気の抜けたダイエットコークでお祝いするのって、どうなんだ？」

「しょうがないだろ。今ここにそれがあったんだから。でもロブが見ていたら、シャンパンでやり直せって言いそうだな」

ユウティが待ちきれないといった様子で、玄関にあった自分のリードを咥えて戻ってきた。可愛い催促にふたりはまた笑い合った。

「ユウティが待ちくたびれたみたいだから、そろそろ行こうか」

ディックは満ち足りた気分で「そうだな」と頷《うなず》いた。

洒落《しゃれ》たホテルもディナーも必要ない。ユウトとユウティさえいれば、ドライブと散歩だけで最高の記念日になるだろう。

このふたり――正しくはひとりと一匹だが――こそが、ディックの幸せそのものなのだから。

# Again and again

「疲れた……」

自分の車に乗り込んだ瞬間、独り言が漏れた。シートを倒して寝てしまいたい衝動を抑え込み、ユウトはエンジンをかけた。

眠気覚ましのミントタブレットを、いくつも口に放り込んで出発する。かなり刺激のあるタブレットだが、ロサンゼルス市警察本部を出て家へと向かう道中、何度も欠伸《あくび》が出た。

この三日間、仮眠は取ったものの身体を横にして寝ていないので、眠いのはもちろんだが疲労も溜まりまくっている。

ストリートギャングの抗争が勃発して、緊急招集されたのが三日前の夜中。

ボイルハイツを仕切るヒスパニック系チームのボス宅でパーティーが行われていたのだが、そこに何者かが車で乗りつけ、車の中からマシンガンを乱射して逃走した。二名の死者と十名を超える負傷者が出たが、その中にはギャングとは無関係の子供たちも含まれていた。

このところギャング同士の抗争が激化しており、先週も無関係の人間が巻き添えを食って負傷している。警戒を強めていた矢先の出来事だった。

上層部から厳しい指示が飛び、ユウトたちギャング・麻薬対策課の刑事は家にも帰らず、パーティーを襲撃したと思われる敵対組織の根城をしらみ潰しに捜査し、片っ端からギャングたちを逮捕して回った。

通常、ギャングから仲間の情報を引き出すのは骨の折れる仕事だが、今回はどういうわけか彼らの口は軽かった。

襲撃実行犯はテリー・ミルズとオリバー・ミルズ。

兄のテリーは荒くれ者で、武闘派と言えば聞こえはいいが衝動的に騒ぎを起こす厄介者で、今回の抗争は避けたいと考えていた幹部たちの意向に逆らい、私怨《しえん》から独断で襲撃を決行したという。

勝手な真似をしたミルズ兄弟に対し、仲間たちは怒り心頭の様子だった。おかげで欲しい情報はすべて手に入り、今日の午後には警察がミルズ兄弟の自宅を包囲した。

ユウトも防弾ベストを身につけ、突入班に混ざって家の中に踏み込んだ。弟はベッドで寝ていて兄はシャワー中だった。あれだけの大事件を起こしておいて、呑気《のんき》にもほどがある。だがそのおかげで身柄の確保は呆気《あっけ》ないほど上手くいった。

家の中にはマシンガンやショットガンもあったので、撃ち合いにならなかったのはラッキーとしか言い様がない。負傷者ゼロ。逮捕より何より、それこそが最高の結果だ。

兄のテリーは悪態をつきまくっていたが、弟のオリバーのほうは「兄貴が怖くて手伝うしかなかった」としきりに言い訳を繰り返し、終いには「ムショには行きたくねぇ」と泣きだした。

オリバーは三か月ほど前に刑務所から出てきたばかりだった。とんぼ返りでまた塀の中というわけだ。

「お願いだ、ムショは嫌なんだ」

「諦《あきら》めるんだな。今度こそしっかり反省してこい」

ユウトは往生際悪く足を止めたオリバーをパトカーに押し込んだ。後部座席に座らされたオリバーは、「あそこは地獄だ」とすすり泣いた。

「あんた、知らないだろ？　ムショなんて人間の暮らす場所じゃねぇ。あんな場所に戻るくらいなら死んだほうがましだ」

——知ってるよ。入ったことがあるからな。

胸の中でそう答えてドアを閉めた。主犯は兄とはいえ弟も重刑は免れないだろう。それだけのことをしたのだから当然だ。

スピード解決できたのはよかったが、ギャングたちを逮捕しまくったせいで事後処理が大変だった。急ぎの書類仕事だけはどうにか済ませたが、睡眠不足のせいで頭が働かない。残りはもう明日でいいだろうと仕事を終えたのが、ついさっき。

今はとにかく早く家に帰り、自分のベッドで眠りたかった。そしてもちろん心配しているであろう恋人にも早く会いたい。

その一心で眠気をこらえ、ユウトはアクセルを踏み続けた。

玄関のドアを開けると、すでにユウティが待ち構えていた。甘えた声を上げながら飛びついてくる。一年ぶりに会ったかのような熱烈歓迎ぶりだ。

「ただいま、ユウティ。いい子にしてたか?」

いつも可愛いが三日ぶりだといっそう可愛く思える。黒い毛並みを撫《な》で回していると、ディックもやってきた。料理中だったのかエプロンをしている。

「お帰り。大変だったな」

ディックの顔を見た途端、かろうじて繋《つな》がっていた糸がぷつりと切れたように、言葉にしがたい気持ちの弛緩《しかん》が起こった。それは同時に肉体をも強く弛緩させ、ユウトは倒れるようにディックの胸に飛び込んだ。

「ただいま。やっと帰れたぁ」

全体重を預けてもびくともしない。しっかりと抱き留めてくれる頼もしい腕に、えも言われぬ幸せを感じる。

「ずっと働きづめで疲れただろう。今、食事を用意してるが、もう少し時間がかかる」

「メニューは何?」

「シーフードガンボだ」

「最高」

ディックは「とびきり美味《うま》いのをつくるから待ってろ」とユウトの頭をぽんぽんと叩《たた》いた。

「それまでベッドで休むか？」

「うん。そうさせてもらう。この三日ろくに寝てないからもう限界だ。……はぁ、ディックだ。ディックの匂《にお》いがする。うーん」

抱きついたまま深呼吸していると、「好きなだけ嗅《か》いでいいぞ」と笑われた。

このまま抱きついていたかったが、料理の邪魔をしてはいけない。ユウトは抱擁を解いて自分の部屋に行き、服を脱いでアンダーシャツと下着だけの姿になってベッドに潜り込んだ。

「ああ、幸せだ……」

自分のベッドで眠れる至福を味わいつつ、強烈な睡魔にようやく身を委ねる。眠りに落ちるまでのわずかな時間、この数日の出来事が目まぐるしく脳裏を駆け巡った。

意識を手放す寸前、なぜか頭に浮かんだのは、刑務所に行きたくないと泣きながら訴えるオリバーの顔だった。


誰かに肩を叩かれて目が覚めた。

「おい、起きろよ、ユウト」

聞き覚えのある声。だけど思い出せない。——誰だっけ？

目を開けて相手の顔を見る。そこにいたのは、お調子者のミッキーだった。いつものあのニヤニヤした表情で、二段ベッドの上の段に手をつき、ユウトの顔を覗《のぞ》き込んでいる。

「娯楽室に行こうぜ。ディックとネイサンは先に行ったぞ」

ミッキーの後ろにはマシューもいる。ユウトは上体を起こし、そういえばこの時間は娯楽室でポーカーをする約束だったな、と思い出した。

「ユウト、ほっぺに寝跡がついてるよ」

マシューに笑われ、取れるわけでもないのに手で頬をこすった。

寝ぼけた頭でふたりの後ろを歩きだす。当然のように足を動かしているが、同時にもうひとりの自分はこれが夢であることを理解していた。刑務所時代の夢は今でもたまに見る。

娯楽室の中は囚人たちでいっぱいだった。煙草《たばこ》の煙がもうもうと立ちこめ、男たちの低い声がざわつきとなり、それは回転数に応じて大きくなったり小さくなったりするエンジンのうなりのように辺りを満たしている。

二度と戻ってきたくない場所なのに、確かにこういう場所だったと思い出し、さして嬉《うれ》しくもない懐かしさがこみ上げてくる。

端のほうのテーブルにディックとネイサンがいた。コーラを飲みながら何か話し合っている。囚人服姿のディックを見た途端、言葉にしがたい感情がこみ上げてきたが、夢の中のユウトにとっては見慣れた姿にすぎず、なんの感慨もない。分裂した感情が同時進行していく。映画の主人公の気持ちとそれを観ている観客の気持ち、両方を味わっているようだ。

「待たせたな。さっそく始めようぜ」

ミッキーがカードを配り始める。だがゲームを始めてすぐに嫌な奴が現れた。

「よう、俺のかわい子ちゃん。探したぜ。ちょっとつき合えよ」

馴《な》れ馴れしい態度でユウトの肩に手を置いたのは、黒人ギャングのＢＢだった。指一本でも触れられたくないユウトは、たまらずＢＢの腕をはたき落とした。

「俺に触るな」

「おいおい、やけにつれない態度じゃねぇか。自分が誰の持ち物なのかまだわかってないのか？　まったくしょうがねぇお姫さまだ。しつけが必要のようだな」

こいつは何を言ってるんだ？　頭がどうかしたのか？

鋭くにらみつけたが、薄ら笑いを浮かべたＢＢは悠然とユウトを見下ろしたまま、取り巻きの部下たちに「連れていけ」と指示を出した。

屈強な男たちが左右からユウトを拘束してくる。

「放せ！」

暴れても押さえ込まれ、逃げることができない。

ユウトは助けを求めて仲間たちに目を向けた。けれど誰ひとりとしてユウトのほうを見ようとしない。まるで最初からユウトなどいなかったかのように、彼らはポーカーを続けているではないか。

「マシューはフルハウスなのかっ？　マジかよ！　いかさまじゃねぇだろうな？」

「ひどいな、ミッキー。ずるなんかしてないよ」

マシューがふくれると、「ミッキーはいつも負けるとこうだ」とネイサンは苦笑した。三人は楽しげな様子でゲームと会話を楽しんでいる。

どうして助けてくれないんだ。俺は仲間じゃないのか？

夢はいつでも整合性がなく理不尽だ。実際にはあり得ない虚構も、夢の中にいる者には現実のように感じられる。

「誰か助けてくれ！」

こらえきれず叫んだが、彼らに悲痛な叫び声は届かない。けれどディックだけが、ちらっとこちらを見た。

「ディック！　頼む、手を貸してくれ……！」

そうだ。ディックなら助けてくれる。

ディックだけは絶対に俺を見捨てたりしない。

確信に満ちた思いがあった。それはもちろん夢の中の自分ではなく、夢を見ている自分の感情だった。絶体絶命の状況で感情が激しく乱れ、夢と現実の自分が錯綜《さくそう》している。

ディックはなんの感情も読めないポーカーフェイスを向けてきたが、ユウトは落胆しなかった。なぜなら知っているからだ。あの頃は気づけなかったが、無表情の裏にディックは熱い想いを隠していた。

「助けてくれ、ディック」

「俺が？　なぜだ。お前を助ける理由がない」

ぞっとするほど冷たい声だった。ユウトは呼吸すら忘れて、冴《さ》え冴《ざ》えとした青い瞳を見つめ返した。

「お前はＢＢの女じゃないか。痴話喧嘩《ちわげんか》に俺を巻き込むな」

「俺がＢＢの……？　何を言ってるんだ？」

そんなわけがないだろう。俺がＢＢをどれだけ嫌っていたか、お前も知っているはずだ。

「レニックス、何をごちゃごちゃ言ってるんだ。あんまり駄々をこねるなら、ここでお前を抱いてやってもいいんだぞ。んん？　どうする？　そのほうが興奮するか？」

ＢＢの手が乱暴にユウトの顎《あご》を摑《つか》んできた。必死で暴れたが男たちの腕は微塵《みじん》もゆるまない。ＢＢはわざと嫌らしく舌舐《したな》めずりして、ユウトのシャツを引き裂いた。ちぎれたボタンが床に飛んでいく。

――嫌だ。嫌だ。嫌だ。

レイプの恐怖が蘇《よみがえ》り、身体に力が入らなくなる。

「ディック、どうしてなんだ……」

世界で一番信じていた相手の裏切りに、心が壊れていく。

ＢＢの獣のような荒い息づかいが、ユウトの耳を犯す。この男にまた蹂躙されるくらいなら、死んだほうがましだ。

「やめろ、俺に触るな……！」

絶望のどん底で叫んだ瞬間、悪夢は唐突に終わった。


「起きろ、ユウト」

ディックの声と頬を軽く叩かれる感触で覚醒《かくせい》した。目は覚めたが息は乱れ、心臓は激しく躍っている。寝汗もひどかった。

「大丈夫か？　ひどくうなされていたぞ」

上から自分を覗き込んでいるディックを見て、ユウトは顔を歪《ゆが》めた。

「どうして……」

「ん？」

「ひどいよ。あんなの、ひ、ひどすぎる、ディックの馬鹿……っ」

言いながら両目から涙がこぼれた。

恐怖。ショック。安堵《あんど》。いろんな感情がぐちゃぐちゃに入り乱れ、自分を制御できない。ユウトは泣きながらディックの胸を叩いた。

「なんでだよ。なんで、俺を助けてくれなかったんだ。お前に見捨てられて、俺が、俺がどれだけ辛《つら》かったか、わかるか？」

子供のように泣きじゃくるユウトに、ディックは明らかに困惑していたが、すぐに強く抱き締め「すまない」と謝った。

「よくわからないが、俺が夢の中で何かしたんだな？　だったら謝る。本当にすまなかった。許してくれ」

「嫌だ、許さない……」

冷たい態度で自分を突き放したディックがどうしても許せなくて、涙声で即答した。

ディックはめげずに何度も謝った。ユウトを抱き締め、髪を撫で、額にキスをして、子供をあやすように辛抱強く謝り続けた。

高ぶっていた感情が鎮まってくると、これは誰が見ても、どう考えても、完全なる八つ当たりでしかないことに気づいた。ディックに何ひとつ落ち度はないし、当然、謝る必要もまったくないわけで、自分の態度こそが理不尽極まりなく、逆にディックに謝らなくてはいけない。

「……ごめん、ディック。夢の話なのに、お前に謝らせてしまった」

「いいさ。たとえ夢の中であっても、俺がお前にひどいことをしたのなら謝る」

怒ってもいい場面なのに優しい声でそんなことを言うから、今度は別の意味で泣きそうになった。現実のディックはこんなにも愛情深いのに、自分は夢の中にディックを勝手に登場させ、ひどい役割を押しつけたのだ。

「本当にごめん。睡眠不足のせいで頭が変になっていたんだ。夢で起きたことなのに、本当に起きたことのように感じられてひどく混乱した」

「俺も軍人時代、夢と現実の境界線が曖昧《あいまい》になったことが何度もある。睡眠不足は脳に強いダメージを与えるからな。拷問の手法にもなるくらいだ」

ディックはどんな夢を見たのかユウトに聞かなかった。もしかしたら勘づいているのかもしれない。話すべきかどうか迷ったが、ディックに隠し事はしたくないと思い打ち明けた。

「刑務所の夢を見たんだ。BBに襲われそうになった俺を、お前は助けてくれなかった。それがすごくショックで、どうしてなんだよって……」

「そうか。そいつは許せないよな。腹が立つのも当然だ」

「腹が立つっていうより、ただ辛かった。お前に見捨てられたことが辛くて悲しくて、まるでこの世界にひとりぼっちになってしまったみたいに感じられて。自分でも驚くほどの絶望感に襲われた」

話しているとまた気持ちが乱れて泣きそうになり、どうしてしまったんだ俺は、と情けなさを覚えた。子供じゃあるまいし、たかが夢の中の出来事にどうしてこれほどダメージを受けているのか。

「ユウト。向こうで何か飲まないか」

ディックの提案に頷いた。気分を切り替えるために、一度ベッドから出たほうがいい。時計を見て驚いた。一時間ほど寝たつもりでいたが、もうすぐ午前四時になろうかという時刻だった。

ディックはリビングルームのソファーにユウトを座らせ、湯気の立つカップを持ってきた。カフェオレかと思ったら、カルーア入りのミルクだった。適度なアルコールとカルーアリキュールの甘さが、疲れた心と身体に心地よく染み渡っていく。

「夕食、ごめん。せっかくつくってくれたのに」

「気にするな。朝食にすればいい」

並んで座りながら、しばらく無言でいた。気持ちが落ち着いてくると、子供みたいに泣いて八つ当たりしたことが、心底恥ずかしくなってきた。

「……さっきは本当にごめん。呆《あき》れただろ？」

ディックは薄く笑い、「全然」と頭を振った。

「でもすごく困ってた」

「呆れて困っていたんじゃない。寝ぼけた顔で泣きじゃくるお前があまりに可愛くて、どうしていいのかわからなくて困ってた」

ディックは優しいからそう言ってくれたが、突然、わけのわからないことで責められて楽しいはずがない。本当に申し訳ない気持ちでいっぱいだった。

「今日、逮捕したギャングが刑務所には戻りたくないって泣いてさ。きっと囚人だったときに、相当嫌な体験をしたんだろうな。それで久しぶりにムショ時代の夢を見たんだと思う」

「以前からムショの夢はたまに見ると言ってたが、いつもBBが出てくるのか？」

気づかうような声音だった。ユウトはディックの肩に頭を預け、「たまにね」と答えた。

「でも大抵は他愛もない内容だよ。食堂でメシがまずいってぼやいていたり、グラウンドでバスケをしていたり、ミッキーたちとポーカーをしていたり。……前にロブが言ってたけど、ネガティブな情報や感情を処理するために、人は悪夢を見るっていう説もあるらしい。それが本当なら悪夢も必要なものなんだって思える」

嫌な記憶は心の奥底にしまい込んでいるだけで、消えたわけではない。悪夢を見るたび、そのことを思い出す。

「悔しいな。現実でもお前を救えず、夢の中でもお前を助けられなかった」

冗談だと思ったが、ディックの苦々しい表情を見て笑えなくなった。

「ディックが悔しがる必要はないだろ。俺の夢の話なんだから」

「お前の夢だろうと悔しいものは悔しい。たまに思うんだ。できることなら最初からやり直したいってな」

「最初って刑務所での出会いから？」

「ああ。お前に対してもっと優しくしてやればよかった。たとえお前が監視対象者であったとしても、違ったやり方で接していれば、お前を傷つけずに済んだかもしれない。そう思えてならないんだ」

ディックの気持ちはわかるが、あの頃は互いに複雑な事情を抱えていた。当時のディックにそんな余裕があったとは思えない。

「心の底から悔いている。お前にひどい態度を取ったこともそうだが、何より守ってやれなかったことがたまらなく悔しい。悔しすぎて、あの頃の自分を撃ち殺したくなるほどだ」

「物騒なことを言うなよ。あれはお前の責任じゃない。そんなふうに背負い込むな」

相手に惹《ひ》かれる気持ちがあったとしても、あの頃のふたりはただの同房者でしかなかった。恋人同士になった今の視点から過去をジャッジするのは間違っている。

そう考えてから、あることに気づいた。

ディックはユウトを救えなかったことで自身を責め、人知れず自分を断罪し続けてきたのだろうか。ユウトと同じだけ、あるいはそれ以上に苦しんできたのかもしれない。

たまらない気持ちになって胸が痛んだ。自分のことでディックが苦しむのは嫌だ。

ユウトにしても完全に吹っ切れているわけではないが、ちゃんと乗り越えて生きていると思えるのは、ディックがいてくれたからだ。いつもそばにいて、変わることのない深い愛情を示し続けてくれたその誠実さに、気づかないうちに何度も救われてきた。

「俺の人生は後悔だらけだな。自分でも嫌になる」

苦笑を浮かべるディックの手を取り、その指に自分の指を絡ませた。

「ディックの後悔は優しさの裏返しだ」

助けられなかった誰かのために、ディックはいつだって傷ついている。タフな男の中に潜む繊細で傷つきやすい心が、たまらなく愛《いと》おしい。

「後悔してもいいけど過去を否定しないでくれ。あの日々があったから、俺たちは今こうして一緒にいられるんだ」

あの頃に戻りたいなんてまったく思わないが、だからといってあの日々がなければよかったとは思わない。過ごしてきたすべての時間が、今へと至る道だった。

これから先もまた悪夢にうなされる夜は来るだろう。けれどディックがいてくれるなら大丈夫だ。それだけは確信を持って言える。

「俺もお前も、思い出したくないような辛い出来事を体験してきた。そのたび、もう無理だって何度も思ったはずだ。それでも乗り越えてきた。そのひとつひとつが、俺たちなりに前に進もうとあがいてきた足跡だろう?」

ディックはユウトの手を強く握りしめ、小さく頷いた。

「そうだな。お前の言うとおりだ。……お前は俺の道しるべだ。あるべき場所に、正しくいられる世界に、いつだって俺を導いてくれる」

夜のしじまの中でディックと見つめ合っていると、不意にあの夜の記憶が蘇ってきた。

刑務所で暴動が起き、ふたりで逃げ込んだ食料庫。

ディックに初めて抱かれたあの夜のことは、何もかも鮮明に覚えている。冷たい床の上に敷いた薄汚れたダンボールが、ベッドの代わりだった。

二度と会えないかもしれない相手とのセックス。最初で最後だと思い、胸が潰れそうな切なさに背中を押され、夢中で抱き合った。ただディックが愛おしくて、最後にその温《ぬく》もりを感じたくて必死だった。

あの夜の自分たちも、ここにいる自分たちも同じ人間なのに、まるで別の世界を生きていると思えるほど、何もかもが大きく変化した。今の暮らしがとんでもない奇跡のように感じられるが、それはふたりが互いを諦めることなく、努力し続けてきた結果に他ならない。

ユウトはあらためて思った。

自分を信じる気持ちが未来をつくる。願う気持ちが運命を切り開いていく。

何ひとつ確かなものなどなく、ひとりきりで不安だらけだったあの頃、自分に言い聞かせた言葉を、今はディックの隣で噛《か》み締める。

「なあ、ディック。これからも後悔したり失敗したりするだろうけど、俺の人生にお前がいてくれるなら、俺はどんなことにも立ち向かっていける気がする」

「俺もだ。お前さえ隣にいてくれるなら、俺はどんな苦しみにも耐えられる」

ディックの熱い手が頬を包み込んでくる。揺るぎないその愛の深さに胸が震えた。ディックの唇がそっと重なってきて、優しいキスが始まった。ところがユウトの腹の虫が盛大に鳴り、甘いムードは一瞬で消し飛んでしまった。

「……ごめん、ディック」

ディックは笑いながらユウトの肩を抱き寄せた。

「気にするな。夕食抜きだったからな。少し、いや、かなり早いが朝飯にするか？」

「うん。ディックお手製のシーフードガンボ、すごく食べたい」

「よし、じゃあ支度しよう」

ディックは立ち上がってキッチンに向かった。ユウトは窓の外を見た。まだ夜は明けていないが、空は白み始めている。

また朝が来る。新しい一日の始まりだ。

晴れの日もあれば嵐の日もあるのと同じで、どれだけ幸せに暮らしていようが、これから先も困難や苦しみは何度でも訪れるだろう。

時にはもう駄目だと挫《くじ》けそうになるかもしれない。だけど諦めたりしない。ふたりでトライし続けていこう。

繋いだ手と手を決して離すことなく。

何度でも何度でも。

# あとがき

こんにちは。『DEADLOCK』シリーズ番外編集、第三弾をお届けいたします。

二〇一五年に発売された『STAY』『AWAY』に続く『AGAIN』は、二〇一五年から二〇一九年の間に書いた番外編十四作と、書き下ろし一作からなる番外編集です。短い話も多いですが、お楽しみいただければ幸いです。

『DEADLOCK』シリーズは今年の九月で十五周年を迎えました。不定期とはいえ、十五年もユウトやディックたちを書いてきたんだな、と思うと感慨深いものがあります。発売当初から読んでくださっている読者さまも、十五年もの長い期間このシリーズにおつき合いくださったんだと思うと、ただただ感謝の気持ちでいっぱいです。

もちろん途中から読んでくださった方にも、同じだけ感謝しています。新しく入ってきてくださる読者さまがいなければ、『DEADLOCK』シリーズはここまで続いてこなかったでしょう。

番外編はどうしても甘いお話が多くなってしまいます。まとめて読み直してみると、どこを開いても恋人たちがいちゃついてるという感じで、皆さんが胸焼けしなければいいな……と思ったり（笑）。

最初の二編だけは、まだユウトと結ばれていないディック視点なので、孤独と寂しさが満載ですね。この頃のディックは暗い眼差しが似合うクールガイで、今とはまた違う魅力がありました。ユウトに愛されてすっかり鼻の下が伸びている今のディックもいいけど、たまにあの頃の心が凍てついたようなディックが懐かしくなります。

書き下ろしはどんな話にしようかと悩みましたが、刑務所の中にいるディックから始まる本なので、最後はユウトにも刑務所時代に戻ってもらおうと思い、「Again and again」を書きました。辛い過去もディックがいてくれたからユウトは乗り越えられたんだと、あらためて感じました。ディックばかりが救われているわけじゃない。

イラストを担当してくださった高階佑《たかしなゆう》先生、ありがとうございます。

久しぶりに先生の描かれるユウトたちを、たくさん見ることができて最高に幸せです。表紙、口絵、挿絵、どれも素敵で興奮しました！　いつも思いますが、どうしてこんな美しい人物や背景が描けるんでしょう。高階先生の指先には、美麗絵の神さまが宿っているに違いない。

担当さま、今回も大変お世話になりました。十五年間、このシリーズに携わってくださったことに心から感謝しております。また新しいお仕事をご一緒できるよう願っています。

最後になりましたが、読者の皆さま、いつも応援ありがとうございます。また新しい作品でお会いできますように。

二〇二一年十一月　　英田《あいだ》サキ

## ＜初出一覧＞

I won't say goodbye……「不朽の名作 BL 小説 100 選」特典小冊子（2019）

Alone again……Chara コミックス「DEADLOCK（4）」店舗特典ペーパー（2019）

Can you feel my heart?……全員サービス小冊子（2015）

Ordinary day……バースデーフェア小冊子（2016）

You spoiled me……バースデーフェア小冊子（2017）

Peaceful time……キャラ文庫「OUTLIVE」店舗特典ペーパー（2017）

Stranded heart……全員サービス小冊子（2017）

Starry night in Arizona……書籍「キャラ文庫アンソロジーⅠ 琥珀」（2017）

Happiest……プレミアム♥ペーパーセレクション（2017）

Today is a gift……バースデーフェア小冊子（2018）

エドワード・ボスコの怠惰な休日……キャラ文庫「HARD TIME」特典ペーパー（2018）

Did you have a good time?……全員サービス小冊子（2018）

How to find happiness……プレミアム♥ペーパーセレクション（2018）

Happy anniversary……小説 Chara vol.41（2019）

Again and again……書き下ろし

コメンタリー……書き下ろし

この本を読んでのご意見、ご感想を編集部までお寄せください。
《あて先》〒141-8202 東京都品川区上大崎3-1-1
徳間書店 キャラ編集部気付
「AGAIN DEADLOCK番外編3」係

Chara

# AGAIN DEADLOCK番外編3

……【キャラ文庫】

2021年11月30日 初刷

著者 英田サキ
発行者 松下俊也
発行所 株式会社徳間書店
〒141-8202 東京都品川区上大崎3-1-1
電話 049-293-5521（販売部）
03-5403-4348（編集部）
振替 00140-0-44392

印刷・製本 図書印刷株式会社
カバー・口絵 近代美術株式会社
デザイン モンマ蚕（ムシカゴグラフィクス）

定価はカバーに表記してあります。

本書の一部あるいは全部を無断で複写複製することは、法律で認められた場合を除き、著作権の侵害となります。

乱丁・落丁の場合はお取り替えいたします。

© SAKI AIDA 2021
ISBN978-4-19-901048-4

# 英田サキの本

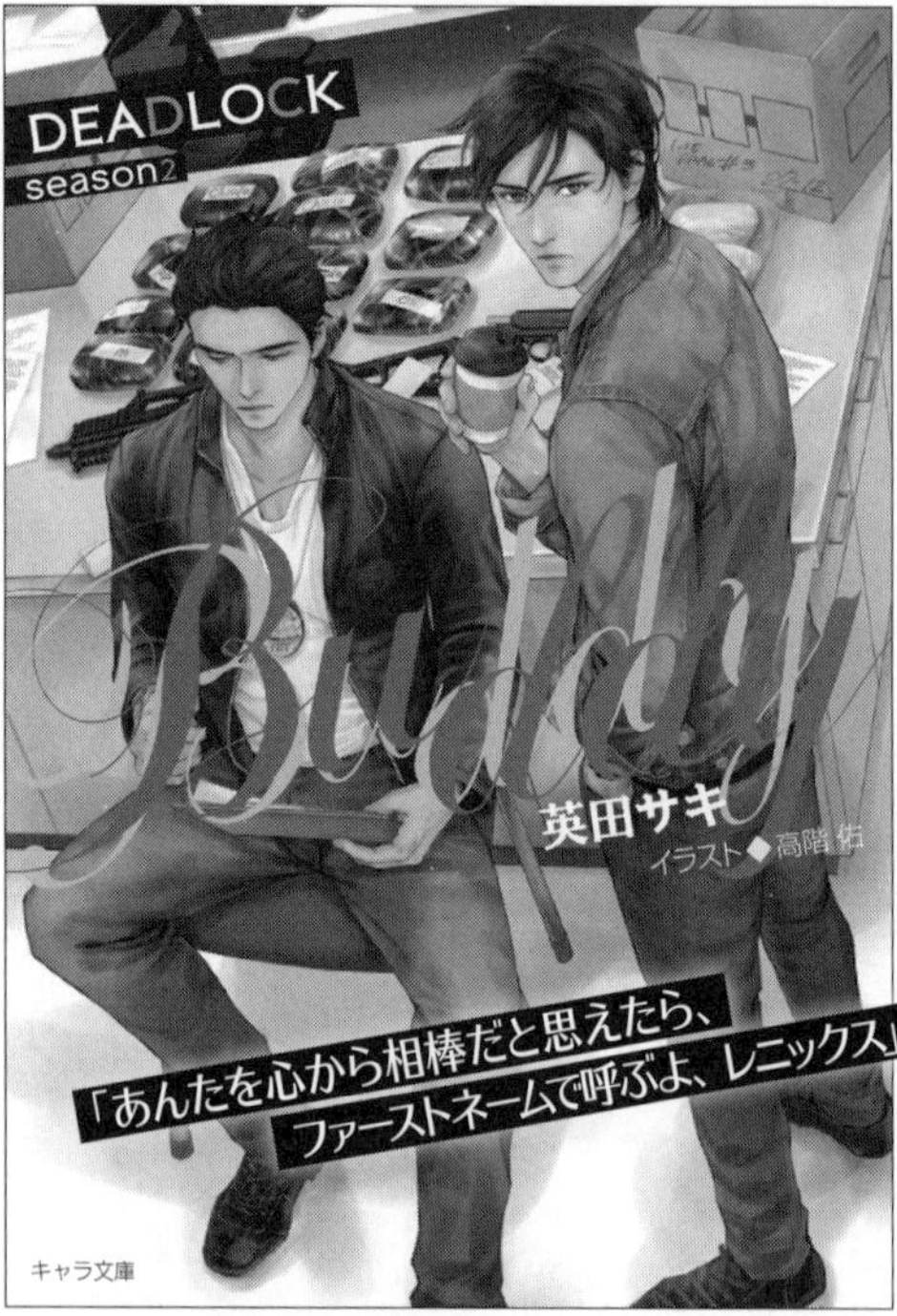


好評発売中

［BUDDY《バディ》 DEADLOCK《デッドロック》 season2］

イラスト✦高階 佑

三つ歳下のくせにいつも不機嫌なタメ口で、挨拶もロクにしない――。ロス市警麻薬課の刑事ユウトが、新しく組むことになった相棒のキース。誰とも馴れ合わないその態度に、初めは苛ついていたユウト。でも、一匹狼で孤高を貫く姿は、刑務所で出会った頃のディックとそっくりだ…。キースへの見方が変わり始めた矢先、麻薬組織の大物を標的《ターゲット》にした、一蓮托生の囮捜査に挑むことになり…!?

# 英田サキの本

好評発売中

【PROMISING《プロミシング》 DEADLOCK《デッドロック》 season2】

イラスト✦高階 佑

殺し屋ミコワイ役の映画撮影も大詰めを迎えたヨシュア。著作がベストセラーとなったロブとは、すれ違いの毎日だ。ヨシュアを応援したいけれど、俺が進路を決めるわけにいかない――。そんな時、高校時代の旧友デニスと再会!! 己の心と向き合おうとワイオミングに一人旅立つが…? 愛ゆえに自立を促すロブと、恋人を尊重したいヨシュア――蜜月カップルが迎えた初めての危機!!

# 英田サキの本

好評発売中

「OUTLIVE《アウトリブ》 DEADLOCK《デッドロック》 season2」

イラスト✦高階 佑

ハリウッドの巨匠に見込まれ、ヨシュアが銀幕デビュー!?　撮影でカリブ海の島国を訪れたヨシュアとロブ。軍事アドバイザーとしてディックも同行し、ユウトも陣中見舞いに駆けつける。陽光煌く南国でのつかの間の穏やかな休暇──。ところが帰国前日のパーティーで、大統領暗殺を狙うクーデターが勃発!?　一度は銃を捨てたディックが、再び闘争本能に火を灯し、ユウトと共に立ち向かう──!!

# 英田サキの本

好評発売中

「STAY DEADLOCK番外編1」

イラスト✦高階 佑

シリーズ完結後もますます広がるDEADLOCKワールド――ロス市警刑事のユウトと、警備会社のボディガードとなったディックはＬＡで二人暮らしをスタート。恋人となったロブとヨシュアの愛も深まり、予想外にパコがトーニャに告白!!　新たなカップルの兆し…!?　完結後に発表された番外編を一挙収録!!　それぞれの人生を歩み始めたDEADLOCKキャラクターたちのその後♥　高階 佑による漫画も収録。

# 英田サキの本

好評発売中

「AWAY DEADLOCK番外編2」

イラスト✦高階 佑

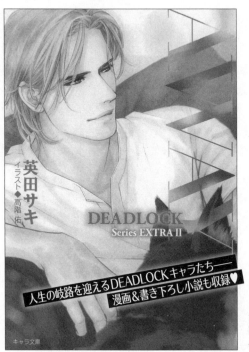

シリーズ完結後、それぞれ人生の岐路に立たされるDEADLOCKキャラクターたち――晴れて結婚式を挙げることになったロブとヨシュア。祝福する周囲とは裏腹に、当のヨシュアは不安を抱え…!? いっぽう順調に愛を育んでいたユウトとディックも、事故でディックが記憶喪失になったことから、二人の絆の危機…!? 高階佑による漫画と書き下ろし小説も収録!! 大ボリュームの番外編、第二弾!!

# 英田サキの本

HARD TIME ハードタイム
DEADLOCK外伝
英田サキ
イラスト 高階 佑
殺人事件の容疑者と
恋に堕ちるなんて最悪だ——
キャラ文庫

好評発売中

「HARD《ハード》 TIME《タイム》 DEADLOCK《デッドロック》外伝」

イラスト✦高階 佑

酒に酔って一夜を共にした相手が、殺人事件の第一容疑者⁉　しかも自分にその記憶が全くない——⁉　皮肉な運命に呆然とするロス市警殺人課の刑事・ダグ。容疑者のルイスは、気鋭のミステリ作家‼　彼の無実を信じたいダグは、先輩刑事のパコと共に真相を追ううちに、次第にルイスへの興味を煽られて…⁉　男相手の初めての恋に悩むダグが相談するのは、同僚刑事のユウト。なりゆきでルイスを警護することになった、腕利きのボディーガード・ディック——文庫書き下ろし「Stay by my side」も収録。DEADLOCKのキャラクターが総出演する豪華絢爛のシリーズ外伝‼

# 英田サキの本

好評発売中

[SIMPLEX《シンプレックス》 DEADLOCK《デッドロック》外伝]

イラスト✦高階 佑

犯罪心理学者ロブの誕生日パーティに届いた謎の贈り物。送り主はなんと、かつて全米を震撼させた連続殺人鬼を名乗っていた——!! ロブの警護を志願したのは、金髪の怜悧な美貌のボディガード・ヨシュア。すこぶる有能だが愛想のない青年は、どうやら殺人鬼に遺恨があるらしい!? 危険と隣合わせの日々を送るうち、彼への興味を煽られるロブだが…。DEADLOCK シリーズ待望の番外編!!

# 英田サキの本

デッドロック
英田サキ
イラスト◆高階 佑
この檻の中では、お前は
狩られる側の人間なんだ。
キャラ文庫

好評発売中

「DEADLOCK《デッドロック》」全3巻

イラスト✦高階 佑

同僚殺しの冤罪で、刑務所に収監された麻薬捜査官のユウト。監獄から出る手段はただひとつ、潜伏中のテロリストの正体を暴くこと——!! 密命を帯びたユウトだが、端整な容貌と長身の持ち主でギャングも一目置く同房のディックは、クールな態度を崩さない。しかも「おまえは自分の容姿を自覚しろ」と突然キスされて…!? 囚人たちの欲望が渦巻くデッドエンドLOVE!!

## キャラ文庫最新刊

### AGAIN《アゲイン》 DEADLOCK《デッドロック》番外編3

英田サキ

イラスト✦高階 佑

一大決心したユウトが、ディックと共にアリゾナの家族を訪れる!?　他、シリーズを彩る掌編を集めた、ファン待望の番外編集第3弾!!

### なれの果ての、その先に

沙野風結子

イラスト✦小山田あみ

離婚により出世街道から外れた経産省官僚の基彬《もとあき》。絶望し連日ホテルの部屋に泊まり込んでいたある夜、タスクと名乗る男娼が現れ!?

### 恋の吊り橋効果、誓いませんか？ 恋の吊り橋効果、試しませんか？3

神香うらら

イラスト✦北沢きょう

カウンセラー志望で大学院生の雪都《ゆきと》。恋人でFBI捜査官のクレイトンと暮らすマイホームに帰宅すると、身元不明の死体が転がっていて!?

### 12月新刊のお知らせ

櫛野ゆい　イラスト✦榊 空也　[熱砂の旅人(仮)]

砂原糖子　イラスト✦ミドリノエバ　[バーテンダーはマティーニがお嫌い？(仮)]

12/24（金）発売予定